AF453028

LES AVENTURES

DE GOGOLOFF

LES AVENTURES
DE GOGOLOFF

VAINQUEUR DES BELLES

ou

LA CHASSE AUX COSAQUES

PAR

JULES DE SAINT-FÉLIX.

PARIS

B. RENAULT ET Cie, LIBRAIRES-ÉDITEURS.

8, RUE LARREY, 8.

—

1856

LES AVENTURES

DE GOGOLOFF

I

LA VEILLÉE.

Dans une grande ferme, située près de la Marne et voisine des bois d'Épernay, une famille était réunie pour lire les bulletins de l'armée; on touchait à la fin du mois de février de la célèbre année 1814.

Un feu clair et rose petillait dans la cheminée de la vaste cuisine qui servait de lieu de réunion à ces bons fermiers et à ces belles fermières, dont les frères et les maris servaient sous les drapeaux pour la défense du territoire français, alors envahi par les armées coalisées.

Les Russes, les Prussiens, les Autrichiens, les Bavarois, et tant d'autres, nous faisaient une rude guerre dans ce temps-là. Ils avaient passé le Rhin au nombre de six cent mille hommes, sous les ordres de Blücher, de Sacken, d'Yorck, de Vo—

ronzoff, de Schwarzenberg, de Wittgenstein, généraux habiles, mais à qui Napoléon tenait tête comme à l'époque de ses conquêtes. L'empereur avait gagné depuis peu de jours, les batailles de Montmirail, de Champaubert, de Vauchamp, de Château-Thierry. Les souverains alliés étaient établis à Langres, et Napoléon se dirigeait sur Troyes, allant au-devant d'un corps d'armée de cent mille Autrichiens qui arrivait du Jura.

Ces grandes nouvelles s'étaient rapidement répandues chez les habitants des campagnes. Les travaux de l'agriculture étaient interrompus. Les bestiaux ne sortaient plus des parcs, et chaque famille se clôturait dans sa ferme ; et souvent c'était une femme ou même une jeune fille qui faisait sentinelle. C'est que des hordes de Cosaques battaient tout le pays, pillant, tuant et incendiant tout ce qui leur tombait sous la main. Ces animaux-là ne connaissaient pas d'autre manière de faire la guerre. On dirait que le Cosaque est de la famille des loups : il est rôdeur et carnassier ; mais, comme le loup, il a des instincts de poltronnerie qui se révèlent dès qu'on l'attaque ou qu'on lui résiste avec énergie. Après une bataille gagnée ou perdue, les Cosaques sont toujours des loups très-dangereux à rencontrer.

Revenons à la ferme de Vaudancourt. C'était le nom de celle dont il est ici question.

Le fermier, Bernard Houdin, chef de la famille, était un homme de cinquante ans environ, d'une haute probité et d'un grand cœur. Il avait une belle physionomie et il était encore d'une vigueur remarquable. Bon Français, cela va sans dire, il était très-déterminé à défendre sa ferme jusqu'au dernier soupir. Le fils de Bernard Houdin était à l'armée ; on le nommait Michel. Il était fiancé à une de ses cousines, Marguerite, une orpheline, une belle et bonne fille que Bernard avait recueillie chez lui. Bernard avait aussi une fille, Jacqueline, enfant de dix-sept ans, mais grande, forte, vigoureuse et alerte comme il y en avait peu dans le pays.

Or, dans la soirée dont nous parlons, des voisins et des voisines s'étaient réunis chez Bernard Houdin, au nombre de dix à douze personnes. La ferme de Vaudancourt était entourée de bons murs de clôture, et ma foi, on y était plus en sûreté qu'ailleurs pour y passer la nuit. Les Cosaques rôdaient ; il fallait se garer.

Au nombre de ceux qui composaient la réunion à Vaudancourt, nous citerons un vieux soldat laboureur qui s'était retiré dans ses foyers depuis dix ans ; il se nommait Grandchamp. Il avait rapporté de ses campagnes le grade de maréchal des logis et cinq ou six blessures. Mais Grandchamp, à l'âge de cinquante-deux ans, tirait encore supérieurement la carabine. Citons aussi Jean Corbin, un jeune drôle de quinze ans, berger de son état et qui valait bien un conscrit. Le recrutement ne l'avait pas encore *empoigné*, mais Corbin ne perdait pas son temps, et il s'exerçait de temps en temps à démonter un Baskir, un Cosaque ou un Kalmouk pour se former la main. Nous citerons encore Pierre Lebœuf, un vigoureux vigneron, qui, en sa qualité de fils aîné de veuve, était resté au pays, mais qui, dans ce moment-là, s'occupait beaucoup plus à fumer des ennemis couchés dans la paille qu'à flamber ses tonneaux. Malheur à qui tombait sous la main de Pierre Lebœuf ! la balle, le sabre, le feu tout lui était bon contre ces *mangeurs de chandelles*, c'est ainsi qu'il nommait les Cosaques.

Il était près de neuf heures du soir, quand on frappa rudement à la porte de la ferme de Vaudancourt. Il y eut une vive émotion dans la cuisine. Bernard Houdin dit à ses amis, en prenant ses deux pistolets : — Un moment et silence. Je vais voir ce que c'est par le guichet.

Arrivé à la porte cochère, il demanda qui était là.

— C'est moi, c'est Pitou, le petit porcher, qui vous apporte une lettre, maître Bernard ; ouvrez-moi, j'arrive du village.

Le fermier ouvrit à Pitou et referma énergiquement la porte, Pitou franchit la cour en quatre bonds, il s'élança dans la cuisine, vit un broc de vin sur la table, se versa rasade et but en criant : *Vive l'empereur ! Vive la France !*

Chacun se mit à le questionner. L'enfant paraissait fort ému ; il avait fait une lieue au galop sur ses jambes, leste comme un chevreuil. — Et pourquoi courir de la sorte ? lui demanda Bernard le fermier. — Pourquoi ! reprit l'enfant. Soyez sûr, maître Houdin, que sans la vitesse de mes pieds vous ne liriez pas la lettre que je vous apporte, et que je serais à l'heure qu'il est étendu dans un fossé comme un chien mort.— Quoi ! les Cosaques ! s'écrièrent les assistants.

— Eh ! allons donc! reprit Pitou. Vous y êtes. Les Cosaques tiennent la campagne, et trois ou quatre d'entre eux m'ont mené comme un daim à travers champs. Heureusement qu'il y a des haies. Tenez, maître Pernard, lisez votre lettre ; elle m'a été remise par le facteur qui a la colique et n'ose venir jusqu'ici. — Lâche poltron ! s'écria Bernard exposer ainsi cet enfant!

Alors chacun serra la main à Pitou, et ce fut à qui lui servirait à manger. Le drôle tomba à belles dents sur un morceau de lard aux choux, qu'il arrosa d'un petit vin clairet, frais et petillant.

— Écoutez tous, dit tout à coup Bernard. La lettre vient du bivac de la jeune garde, près de

Troyes. Elle est du neveu de notre maîtresse, M. Ernest de Chabriant, capitaine aux chasseurs de la garde impériale, un franc luron, mais un cœur d'or. Écoutez :

« Mon cher Bernard, je t'écris du bivac près de Troyes. Tu sais les nouvelles ; nous avons battu quatre fois l'ennemi, nous l'avons brisé et culbuté, mais il renaît sans cesse. Nous allons au-devant d'une armée d'Autrichiens qui arrive du Jura. Nous briserons encore cette armée-là. Et de cinq !

» Mais, mon cher Bernard, je ne puis me défendre d'être inquiet pour vous tous, les bons habitants des campagnes. Des milliers de maraudeurs dévastent le pays ; ce sont ces chiens de Cosaques irréguliers, les plus lâches voleurs qui soient au monde. Il faut redoubler d'énergie et de vigilance ; il faut faire un appel à tous les habitants, vous réunir et vous entendre, pour tuer ces brigands-là partout où vous les trouverez. Oui, mon cher Bernard, tes amis et toi devez faire ce que j'appellerai la *chasse aux Cosaques.*

» Pour cela il vous faut des armes. J'ai pensé à vous, et je te préviens qu'un fourgon sera expédié pour la ferme de Vaudancourt. Il contient cent cinquante fusils et carabines pris sur l'ennemi. Reçois ces armes, distribue-les et faites-en

bon usage. Je sais que tu as des approvisionne-
ments de poudre et de balles. Si tu en manquais,
mande-le-moi.

» En échange des armes que je t'adresse, cher
ami, mets dans le fourgon qui reviendra au bivac
deux tonneaux de vin d'Épernay pris dans la cave
réservée de ma noble tante. Nous avons ici une
soif de diable, mes camarades et moi. Nous boi-
rons à la santé de madame la marquise de Vaudancourt dont je suis l'héritier et le neveu,
mais que je soupçonne fort d'être partisan de la
coalition contre l'empereur. Ah ! quand je pense
à cela, mon cœur bondit.

» Adieu, mon cher Bernard, si je suis blessé, je
me ferai porter à la ferme ; si je suis tué, bon-
soir ! seulement, tu expédieras dix Cosaques de
plus en mon honneur.

» Sur ce, j'embrasse Jacqueline ta fille et Marguerite ta nièce, deux charmantes filles, bien sa-
ges et bien belles, ce qui ne gâte rien. Je t'embrasse aussi de tout mon cœur, mon cher Bernard.

» ERNEST DE CHABRIANT.

» Capitaine au 2e chasseurs de la garde.

» *P. S.* J'ai des nouvelles de Michel, ton fils.
Il est sergent aux voltigeurs. Il fait des prodiges
de bravoure. Tu le reverras capitaine. »

La lecture de cette lettre excita un enthousiasme difficile à décrire. Bernard Houdin cria le premier : *Vive le capitaine Ernest !* Tous répondirent à ce cri, le verre à la main. Les femmes essuyaient quelques larmes d'attendrissement, mais elles n'étaient pas moins décidées à se bien servir des armes qu'on attendait pour la *chasse aux Cosaques*.

— Or çà, dit Bernard, préparons les deux meilleurs tonneaux de la cave de madame la marquise, c'est son neveu et son héritier qui l'ordonne. Quand le fourgon arrivera, nous le déchargerons de ses armes et nous le chargerons de deux futailles par excellence. Ah ! par Dieu ! c'est une bonne idée du capitaine Ernest !, Vieux vin réjouit jeune cœur.

— Soyez sûr, mon cher Bernard, reprit le maréchal des logis en retraite, que le vieux vin n'attriste pas plus les *vieux* de la *vieille* que les *jeunes* de la garde. Allons, allons, nous aurons des armes ; nous voilà sauvés. Ah ! coquin de sort ! Vais-je tirer des prunes à messieurs les Pandours !

— Oui ! oui ! répétèrent toutes les voix ; Grandchamp sera notre général !

— Merci ! reprit le vieux sous-officier. Je monte en grade. J'aurai l'honneur de vous commander.

En ce moment des coups redoublés retentirent

à la porte cochère de la cour. Les chiens aboyè-
rent avec fureur. Bernard, suivi de ses amis armés, alla résolûment reconnaître l'ennemi. Mais
des voix bien connues se firent entendre. On ouvrit le battant de la porte, et ceux qui se présen-
tèrent étaient des cultivateurs des environs, suivis de leurs femmes et de leurs enfants, apportant
avec eux tout le bagage qu'ils avaient pu sauver.
Les malheureux avaient vu leurs granges pillées
et brûlées par les Cosaques.

On reçut à bras ouverts ces pauvres familles.

— Allons, allons, dit Bernard Houdin, voici la
garnison qui s'augmente.

Parmi les nouveaux venus se trouvaient des
hommes robustes et de jeunes femmes capables
de tirer de bons coups de fusil. La ferme d'Houdin était heureusement bien pourvue de vivres.
Les choses étaient au mieux. On écouta les do-
léances des incendiés et on les consola tant bien
que mal. Mais on fut unanime sur un point: la
résistance à l'ennemi. Oh! la garnison était mon-
tée au dernier degré de l'enthousiasme guerrier.
Il fallait à chacun la peau de dix Cosaques au
moins.

Le capitaine Ernest n'avait pas fixé le moment
de l'arrivée du fourgon, mais on pensait que ce
convoi serait à la ferme dès le lendemain. En
attendant les deux tonneaux de vin vieux d'Eper-

1.

nay étaient disposés sur des pièces de bois, sous le hangar de la cour, tout prêts à être chargés. La nuit avançait ; chacun s'arrangeait de son mieux pour se reposer ou pour tuer le temps, en attendant de tuer autre chose. Les uns dormaient sur la paille, dans la grange ; les autres sommeillaient sur des bancs, près de la grande cheminée ; ceux-ci soupaient gaiement ; ceux-là racontaient des aventures de la guerre. Bernard Houdin se concertait avec les plus expérimentés et les plus énergiques sur le plan à suivre en cas d'alerte.

— Pardieu, disait-il à ses amis, il serait assez singulier que nous eussions, dans ces circonstances, une certaine visite qui m'est annoncée depuis quelques jours.

— La visite d'un général prussien ou russe ? demandèrent plusieurs voix.

— Pas tout à fait, dit Bernard, mais...

— Comment, mais ? reprit Grandchamp. C'est sérieux, cela.

— Détrompez-vous, camarade, répliqua Bernard Houdin, ce n'est pas sérieux du tout. Connaissez-vous l'intendant de madame la marquise, la propriétaire de ma ferme ?

— Comment donc, reprirent plusieurs amis, si nous le connaissons ! C'est M. de Walbrok, un grand sec, vêtu de noir comme un corbeau ; visage de parchemin et nez de polichinelle. Si nous le connaissons !

— C'est bien cela, dit Bernard. Eh bien, mes amis, M. de Walbruk m'a écrit de Paris ces jours-ci pour m'annoncer son arrivée. Il a, dit-il, des instructions *verbales* à me donner, des choses secrètes à me communiquer, de ces choses qu'on ne peut pas confier au papier...

— Ah ! je me méfie beaucoup de ce lapin-là, dit Grandchamp en branlant la tête.

— Et moi donc ! ajouta Jean Corbin. Je ne donnerais pas trois francs de sa peau.

— Trois francs ! s'écria Pierre Lebœuf le vigneron, je n'en donnerais pas trois sous, et toute l'année encore. Savez-vous ce que c'est que ce Walbruk ? D'abord il n'est pas Français. C'est un Allemand qui s'est glissé en France on ne sait trop par quelle trappe, et qui est parvenu à s'introduire dans la maison de la marquise de Vaudancourt, à gagner sa confiance et à diriger ses affaires. Entre nous soit dit, et sans nous fâcher, maître Bernard Houdin, la marquise est vieille et à moitié folle ; mais ce gredin de Walbruk n'est pas fou, lui !

— Non, non, ajoutèrent plusieurs voix féminines, c'est un rusé, un homme à double face, un...

— Allons donc ! lâchez le mot, dit Jean Corbin : c'est un mouchard.

— Mouchard de qui? demanda Grandchamp.

— Et de qui diable est-on mouchard, dit Corbin, si ce n'est d'un ennemi?

— Mais il faudrait alors fusiller ce Walbruk dès qu'il paraîtra ici, ajouta le maréchal des logis.

— Tout beau! tout beau! Grandchamp, dit Bernard Houdin. Le Walbruk est l'intendant des biens de ma maîtresse, et, en cette qualité, je dois le recevoir et veiller à sa sûreté. Diable! comme vous y allez! On dirait que je l'ai laissé fusiller pour ne pas lui payer mes fermages. Mon ami, ménageons notre poudre et nos balles pour les Cosaques.

II

LE FOURGON.

Le lendemain, à la pointe du jour, le roulement d'un chariot escorté de six chasseurs à cheval se fit entendre sur le chemin qui conduisait à Vaudancourt. Bernard Houdin et ses amis ouvrirent les deux battants de la porte cochère, et le fourgon annoncé par le capitaine Ernest entra au grand trot dans la cour de la ferme.

Ce furent des cris de joie et des *vivat* sans fin. On se hâta de décharger le fourgon des armes qu'il contenait, et qu'on déposait dans une chambre basse à laquelle on donna le nom d'arsenal. Le capitaine avait envoyé également une caisse de cartouches comme provision.

Les chasseurs furent fêtés avec enthousiasme comme ils le méritaient. Ils avaient marché toute la nuit, au risque de tomber au milieu des maraudeurs cosaques. Mais ils étaient soldats d'élite, et ils auraient sabré l'ennemi avec une vigueur telle que MM. les Pandours se fussent mal trouvés de leur *impolitesse*.

Avant de charger les deux tonneaux de vin d'Epernay sur le fourgon, on se mit à table dans la grande cuisine, tandis que les chevaux de la garde inpériale mangeaient, à l'écurie de la ferme, double et triple ration d'avoine.

Les convives du déjeuner étaient nombreux. Les femmes, à la tête desquelles étaient Jacqueline et Marguerite, servaient des soupes au lard qui eussent fait envie à des Sybarites. Le jambon et le gigot de mouton ne furent pas épargnés. Quant au vin, on but du meilleur et à la santé de toute l'armée française.

Ce fut dans ce moment de gaieté gastronomique qu'on entendit la voix d'un paysan de garde à une fenêtre donnant sur la campagne. La vigie signalait une *carriole* arrivant au galop et se dirigeant vers la ferme. Les convives députèrent quatre d'entre eux pour aller reconnaître. Bernard Houdin, toujours alerte, était du nombre.

La carriole s'arrêta justement devant la grande porte, et Bernard s'entendit appeler par son nom.

— Qui diable êtes-vous donc, répondit-il, vous qui voyagez par ce temps-ci à travers la campagne comme si nous étions en pleine paix.

— Ouvrez, mon ami Bernard, reprit la voix, je suis l'intendant de madame la marquise de Vaudancourt.

— M. de Walbruk ! s'écria Bernard ! Ah ! pardieu, vous arrivez bien.

Il ouvrit, et l'intendant entra assis dans sa carriole comme un vrai maraîcher.

Au nom de Walbruk tous les habitants de la ferme se groupèrent dans la cour pour voir le personnage. On ne pouvait comprendre le but de sa visite en pareille circonstance.

— Il faut qu'il ait le diable au corps pour avoir traversé les lignes des Prussiens, disait le maréchal des logis Grandchamp.

— Eh ! qui diable sait ? ajoutait le vigneron Pierre Lebœuf, il a peut-être un passe-port signé du général Blücher.

Bernard Houdin se hâta d'amener l'intendant dans la chambre qu'il occupait ordinairement quand il venait de Paris à la ferme, et là, il chercha à avoir une explication avec lui. Walbruk lui annonça qu'il avait des ordres de madame la marquise et qu'il fallait s'y conformer.

— Voyons, dit Bernard, quels sont ces ordres. On écoute.

L'intendant ferma soigneusement la porte de la chambre et entama avec Houdin une conversation confidentielle.

Pendant ce temps-là des convives s'étaient réunis à table et continuaient gaiement leur déjeuner.

Au bout d'une demi-heure Walbruk et Bernard descendirent dans la cour. Le fermier était fort ému. Ses yeux brillaient de colère et son teint prenait des couleurs énergiques. L'intendant remarqua les deux tonneaux de vin d'Epernay déposés sous le hangar.

— Voilà qui est bien, dit-il. Vous avez devancé les intentions de madame la marquise. Si les *alliés* se présentent à cette ferme, il faut bien les recevoir. C'est un moyen d'éviter des malheurs. D'ailleurs, mon cher Bernard, je vous le répète, les alliés ne sont pas tout à fait nos ennemis...

— Holà ! holà ! s'écria une grosse voix. Que dit donc ce monsieur?

En prononçant ces mots, Grandchamp s'avançait vers l'intendant, qui le regardait avec une certaine inquiétude. Mais l'anxiété et l'étonnement de Walbruk furent au comble quand il vit sortir de la cuisine les six chasseurs de la garde impériale escortés par une quinzaine de paysans champenois.

— Qu'est-ce que cela veut dire? demanda-t-il à Bernard.

— Cela veut dire, répondit le fermier, que nous recevons comme ils le méritent ces braves militaires qui nous sont envoyés par M. le capitaine Ernest, le neveu de madame.

— Dites donc, bourgeois, ajouta un chasseur à cheval en tapant sur l'épaule de Walbruk, est-ce que vous n'êtes pas enchanté de nous voir?

— Moi! dit l'intendant, enchanté, camarade, ravi, satisfait...

— A la bonne heure! reprit le chasseur. Allons, mon bonhomme, un verre de vin avec nous et à la santé de l'armée française.

Il fallut se résigner, et M. l'intendant amené à la cuisine, but rasade avec les braves paysans et les intrépides chasseurs à la santé de l'armée et de... Napoléon.

Par exemple, ce nom-là parut lui écorcher le gosier. Mais enfin, il l'avala tant bien que mal avec une gorgée de vin. Marguerite, Jacqueline et leurs compagnes riaient sous cape de la mine piteuse de M. l'intendant. Quant à Bernard, il était très-sérieux.

Les chasseurs se préparaient à repartir pour le

camp, lorsque tout à coup on entendit des coups de pistolet dans la campagne. A cette alerte, chacun courut aux armes. Grandchamp monta à un étage élevé et annonça qu'il distinguait huit ou dix Cosaques poursuivant des paysans.

— Aux armes! cria-t-il. Prenez des échelles et montez à la hauteur du mur de la cour. Les paysans poursuivis se dirigent de ce côté. Quand les cavaliers ennemis seront à portée, vous tirerez sur eux, je commanderai le feu.

Grandchamp descendit, et chacun, à son exemple, prit une échelle et grimpa sur l'appui du mur, un fusil à la main. C'était comme un rempart garni d'assiégés. Les paysans fuyaient à toutes jambes; ils eurent la bonne idée de passer près des murailles de la ferme. Les Cosaques les talonnaient de près, mais leurs chevaux s'embourbaient, heureusement pour les fuyards. Quand les Pandours furent à portée du fusil :

— Attention ! cria le maréchal des logis Grandchamp, choisissez vos cavaliers. Préparez armes! en joue; feu !

Dix à quinze coups de fusil partirent à la fois du haut de la muraille, et l'on vit six chevaux tomber dans le champ voisin, les quatre fers en l'air. Les Cosaques culbutés allèrent donner de la tête dans une terre labourée. Ceux qui n'avaient pas été atteints, tournèrent bride et partirent au galop dans la direction du petit bois.

— C'est bien ! Grandchamp. Soldats , *je suis content de vous* ; mais vite ouvrons la porte aux amis et courons sur l'ennemi démonté. Il s'agit de faire des prisonniers.

Alors, lestes comme des chevreuils, les plus jeunes de la ferme coururent à la porte cochère, qu'ils ouvrirent aux fugitifs, et ils s'élancèrent dans le champ. Deux Cosaques, blessés à l'épaule et au bras, gisaient piteusement, hurlant comme des chiens. Les quatre autres voulaient fuir, mais ils s'embourbaient à qui mieux mieux. Les paysans de la ferme les *empoignèrent* , et après les avoir désarmés, ils les dirigèrent vers le *fort*, non sans leur administrer certaines bourrades. Grandchamp était accouru.

— Soldats, dit-il, emmenez les prisonniers sans les frapper. Ce sont des brigands, cela est vrai ; mais nous sommes des Français, nous autres.

Les deux blessés se pâmaient de crier. On apporta des civières et on les transporta à la ferme. Quant aux chevaux, il s'en trouva deux légèrement atteints et qu'on emmena. On dépouilla de leur équipement les quatre autres , qui gisaient roides morts.

Cette expédition avait eu le plus grand succès. La garnison rentra dans la *place forte* aux acclamations générales et *couronnée par la victoire*.

Les deux Cosaques blessés peu grièvement furent couchés sur la paille et pansés. Bernard Houdin déclara qu'on aurait soin d'eux, car après tout c'étaient des hommes. Quant aux prisonniers, on les enferma prudemment dans une salle basse. Les chasseurs de la garde avaient très-bien secondé leurs frères les campagnards dans ce beau fait d'armes. Ils proposèrent d'emmener au camp français les quatre prisonniers pour en débarrasser la ferme. Ce qui fut résolu.

Cependant M. Walbruk, témoin de cette *affaire*, s'était blotti dans un coin de la cuisine, tremblant comme un jonc et pâle comme un meunier sortant du moulin.

— Eh bien, lui dit le maréchal de logis Grand-champ, que vous semble de cela, *monseigneur* l'intendant? Trouvez-vous que nous tirons bien le Cosaque? Or çà, l'ami, ajouta-t-il, maintenant que nous avons un moment de repos, vous allez nous faire le plaisir de nous dire comment il se fait que vous vous soyez aventuré à travers la campagne et les bandes ennemies , sans avoir peur d'être pris ou maltraité. Vous me paraissez assez poltron de votre naturel. Il faut donc que vous ayez quelque raison de ne pas craindre les Prussiens ni les Russes.

— Oui, oui, dirent les *vainqueurs*, à qui l'odeur

de la poudre montait à la tête, il faut que *monsieur* s'explique et tout de suite encore.

Bernard Houdin vit bien que l'affaire devenait très-mauvaise pour l'intendant de madame la marquise. Il voulut lui venir en aide en donnant certaines explications passables. Mais la garnison venait de se battre et comme, nous l'avons dit, les têtes étaient très-échauffées. On ne voulait pas des explications du fermier. On voulait que M. Walbruk les donnât lui-même.

Or, dans ce moment-là, Jean Corbin, le berger, eut l'idée de plonger la main dans une des vastes poches de l'habit de M. l'intendant, et il en retira un portefeuille. Walbruk se récria sur cette violence, mais allez donc faire entendre raison à des gens qui reviennent du feu !

— C'est cela, disent plusieurs voix. Les papiers de monsieur parleront pour lui.

Le portefeuille contenait des notes et des baux à ferme. Mais il contenait aussi.... (hélas ! c'était une honte et un malheur !) le portefeuille contenait un *sauf-conduit* signé d'un chef d'état-major russe.

A la vue de ce papier, il n'y eut qu'un cri dans la cour de la ferme.

— C'est un espion ! c'est un mouchard vendu aux ennemis !

Bernard Houdin saisit le bras du maréchal des

logis Grandchamp, et il lui dit à voix basse, mais avec énergie :

— Il faut sauver cet homme, car on va vouloir le fusiller. C'est un homme au service de ma maîtresse, et moi je dois répondre de sa tête, car il est ici chez moi et chez madame la marquise. Grandchamp, il faut le sauver, et, pour cela, déclarons que nous allons l'envoyer avec les prisonniers russes, à M. Ernest, au camp français, Le capitaine en fera ce qu'il voudra.

— Bonne idée ! répliqua Grandchamp, en serrant la main de Bernard. Va, mon ami Houdin, je te comprends.

Alors, le maréchal des logis, en sa qualité de chef de la garnison, fit faire silence, et il s'expliqua avec une énergie toute militaire sur le compte de Walbruk.

— Soldats, dit-il en terminant sa harangue, voici qui est selon les lois de la guerre et qui est conforme à l'honneur français. Nous allons envoyer *monsieur*, en compagnie des quatre Cosaques, à notre brave capitaine Ernest de Chabriant. Ce sera un joli cadeau que nous lui ferons en échange des armes qu'il nous a envoyées.

— Sans oublier les deux tonneaux de vin, ajouta la voix claire et flûtée de Jacqueline.

— Oui, ma mie, sans oublier les deux tonneaux de vin. L'idée était parfaite, mais il fallait la mettre à exécution à l'instant même. C'est ce qui eut lieu, grâce à l'énergique promptitude de Bernard Houdin. On chargea les deux tonneaux sur le fourgon. On mit par dessus des bottes de paille, et par dessus la paille on installa les quatre Cosaques, à qui on lia les mains par précaution. Quant à M. Walbruk, on lui donna la place d'honneur sur une superbe botte de paille, devant les Pandours.

— Bon ! il est là au milieu de ses amis, cria le jeune drôle qu'on nommait Jean Corbin.

Le fourgon fut attelé de ses deux chevaux, et les chasseurs de la garde qui devaient l'escorter montèrent à cheval. L'un d'eux reçut des instructions sur ce qu'il devait dire au capitaine au sujet de l'intendant. Le convoi était prêt à partir. On serra la main aux chasseurs en leur offrant le *coup de l'étrier*, et l'on ouvrit la grand'porte. Le fourgon et l'escorte partirent au galop dans la direction du camp français.

— Ouf ! dit Bernard Houdin en refermant la porte de la cour. Nous voilà débarrassés d'une bien mauvaise affaire.

— Qu'il aille se faire fusiller ailleurs ! répondit Grandchamp.

Et tous deux prirent le chemin de la salle basse pour visiter les armes.

III

MADEMOISELLE JACQUELINE ET M. L'HETMAN DES COSAQUES.

Il était à craindre que les Cosaques échappés à la fusillade de la muraille de la ferme ne revinssent en force pour venger leurs camarades. Cependant plusieurs jours s'écoulèrent sans qu'on vît rôder dans la campagne le moindre bonnet laineux, surnommé *nid d'oiseau*, ni la moindre lance de sept pieds de long. Les habitants de la ferme de Vaudancourt commençaient à croire que les hordes de Pandours avaient déserté le pays pour se diriger vers le nord du département de la Haute-Marne. Ils avaient organisé des rondes de cinq ou six hommes bien armés, qui, sans trop s'éloigner du *quartier général*, battaient les environs, les lisières des bois et les champs coupés de haies. Décidément la campagne paraissait sûre, et il fut possible de faire sortir les bestiaux.

La garnison de Vaudancourt se composait d'une trentaine de paysans en état de porter les armes, et d'autant de femmes et d'enfants. Les provisions abondaient, car chaque famille avait apporté un bon contingent de vivres et de farine chez Bernard Houdin. Du reste, les greniers du fermier étaient bien pourvus, et le généreux Bernard était décidé à nourrir tous ses braves voisins, dût-il se voir obéré pour longtemps.

Il arriva que, dans une belle après-midi, mademoiselle Jacqueline s'aperçut qu'une de ses vaches, sa vache favorite, n'était plus dans le petit pré qui avoisinait la ferme. Fort inquiète sur le sort de sa chère *Picarde*, c'est ainsi qu'on nommait cette belle vache laitière, Jacqueline monta sur un tertre et parcourut du regard tout le voisinage. Jacqueline était une fort jolie fille de dix-sept ans, nous l'avons dit. Elle était grande, svelte, accorte, bien faite ; elle avait l'œil bleu foncé et brillant, le teint doré par le soleil, de magnifiques cheveux blonds cendrés, une jolie coupe de visage, des mains superbes mais nerveuses, et des bras vigoureux. Avec tous ces avantages physiques, Jacqueline était douée d'un caractère ouvert, décidé, et d'une grande fermeté. De plus, elle était courageuse et entreprenante. Ces deux dernières qualités, très-estimables sans doute, faillirent lui devenir funestes.

A travers une haie assez éloignée, la fille de Bernard Houdin crut distinguer la vache qui manquait au pré. Son parti fut bientôt pris. Elle tâta ses poches pour savoir si son couteau et un pistolet chargé qu'elle portait toujours depuis l'invasion des ennemis étaient bien à leur place, et, légère comme une pouliche, elle courut dans la direction de la haie. Oui, Picarde paissait derrière la haie ; mais la vache, heureuse de se trouver en liberté après plusieurs jours de réclusion, refusa de revenir au pré et se prit à trotter à travers champs, évitant Jacqueline et longeant les fossés. La jeune fille, fort irritée, oublia tout danger ; elle suivit la Picarde jusqu'au détour d'un petit bois ; elle doubla le massif, et là... elle tomba dans une embuscade.

Cinq Cosaques étaient à cheval cachés par la ramée et par un pli du terrain ; ils étaient là à l'affût comme cinq loups postés sur le passage d'un troupeau, Jacqueline jeta un cri et mit bravement le pistolet au poing, prête à faire feu sur le premier qui s'avancerait. Hélas ! elle ne connaissait pas les ruses des ces Pandours, qui ont des instincts de sauvages.

Un sixième Cosaque, qu'elle n'avait pas vu, s'était jeté à bas de cheval, et, marchant à pas de loup, il se glissa derrière Jacqueline et lui mit traîtreusement la main sur le bras au moment où l'intrépide jeune fille lâchait un coup de pistolet. La balle se perdit dans les branches. Des éclats de rire féroces éclatèrent, et Jacqueline se sentit enlevée par deux bras nerveux. Oh ! la lutte fut terrible, et le Pandour eut le visage tout en sang. Mais la malheureuse ne fut pas moins transportée de force à cinquante pas de là, dans l'intérieur du bois, où se trouvait un poste de quinze hommes à cheval.

Ces cavaliers appartenaient à un corps de Cosaques réguliers, troupes disciplinées, cela est vrai, mais qui n'en étaient pas moins terribles aux ennemis. Un sous-officier ordonna qu'on mît en selle derrière lui la pauvre jeune fille, résignée en apparence, mais dont l'œil cependant étincelait. Le sous-officier fit signe à huit ou dix des siens de le suivre, et il partit au galop dans la direction opposée à Vaudancourt emportant son précieux fardeau.

Après une demi-heure de course au delà des bois, on arriva dans une grange dévastée autour de laquelle bivaquait tout un escadron. Les cavaliers étaient au repos, couchés sur la paille, les uns sommeillant, d'autres attisant des feux devant lesquels rôtissaient des quartiers de viande. Les chevaux broutaient l'herbe.

A l'arrivée des éclaireurs, chacun dressa la tête, mais pas un cri ne fut jeté. Le sous-officier alla droit à la masure et arrêta son cheval à la porte. La prisonnière se laissa couler de cheval, et fière, les yeux baissés, calme en apparence, elle attendit le sort qu'on lui réservait. Elle était très-décidée à tuer un ennemi et à mourir dans le cas où les misérables qui l'avaient prise se seraient permis de l'outrager. La main dans la poche de son jupon, elle serrait le manche d'un couteau.

Mais les Cosaques réguliers, comme nous l'avons dit, ne manquaient pas d'une discipline assez sévère. Un d'eux alla prévenir l'officier qui dormait sur la paille à l'abri d'un reste de toiture. Bientôt après Jacqueline vit arriver un militaire assez jeune encore, trente ans environ, et portant un assez beau costume. Sa veste, fourrée aux poignets et au col, était garnie d'une passementerie d'argent. Une aigrette blanche se dressait sur son bonnet à poil. Cet officier supérieur était un hetman de Cosaques, grade qui équivaut à celui de colonel.

L'hetman regarda du coin de l'œil sa prisonnière, et sans plus de façon il se mit à lui dire en lui passant la main sous le menton :

— Vous êtes très-jolie, ma petite.

Jacqueline fut fort étonnée de l'entendre parler français. Elle ignorait qu'en Russie l'aristocratie parle assez facilement notre langue. Mais, fort indignée de la familiarité de monsieur l'hetman, elle lui tapa un coup sec sur le bras et dégagea son menton. L'officier se prit à rire aux éclats.

— Pour qui me prenez-vous ? dit Jacqueline toute rouge de colère,

— Pour qui ? répliqua le Russe ; mais pour moi donc.

— Ne vous y risquez pas, reprit la jeune fille avec fierté.

— Eh bien, dit l'hetman, que feriez-vous, ma mie ?

Jacqueline détourna les yeux et baissa la tête. Quelques larmes roulaient sur ses joues. L'officier fit un signe, et les cavaliers s'éloignèrent. Quand il se vit seul avec la jeune fille il lui parla de la sorte :

— Vous voyez bien, ma chère amie, que vous êtes prisonnière de guerre et que personne ne peut vous retirer de mes mains. Je suis maître de votre sort. Mais, rassurez-vous, je ne suis pas si sauvage que mes Cosaques. Vous devez même vous estimer heureuse d'avoir été amenée à un officier comme moi. Je suis de noble race, et mon grade d'hetman vaut celui de colonel. J'ai de la fortune et un titre, tout ce qu'il faut enfin pour faire le bonheur d'une jolie fille comme vous. Voyons, la belle, soyons raisonnable. Je vous traiterai bien, et je vous enverrai, bien recommandée, au quartier-général russe où vous trouverez mes fourgons et des gens à mon service. Allons, Mademoiselle, donnez-moi le bras et allons faire ensemble une petite promenade sentimentale. Tudieu ! ma mie vous risquez de devenir comtesse russe, ma parole d'honneur.

Une idée subite et lumineuse vint à l'esprit de Jacqueline. Elle écouta sans se fâcher ces belles paroles, et elle essaya d'y répondre par un sourire. Monsieur l'hetman enchanté crut à une victoire. Il offrit son bras et la jeune fille s'y appuya d'assez bonne grâce en apparence.

L'officier dirigea la promenade du côté d'un bois voisin. Jacqueline connaissait parfaitement le pays. Elle suivit docilement son noble cavalier. Le soir arrivait. Un beau clair de lune éclairait déjà la campagne. Quand on fut à un kilomètre environ du campement, l'officier tourna du côté des massifs d'arbres. Jacqueline trouva que la chose allait au mieux. Les deux promeneurs s'engagèrent assez avant dans le bois, mais la jeune fille paraissait vouloir se diriger vers la gauche. L'officier fut complaisant et accepta ce côté-là pour la promenade. On ne se disait pas grand'chose. Monsieur l'hetman pressait un beau bras, et de temps en temps il regardait Jacqueline d'un œil passionné.

— Quel est votre nom ? demanda la rusée,

— Ah ! ah ! dit l'officier, voilà déjà une marque d'intérêt. Eh bien, mademoiselle, apprenez que je me nomme le comte Gogoloff...

Jacqueline ne put se défendre de rire à ce nom.

L'officier était trop occupé de sa bonne fortune pour se fâcher de cette hilarité. Il sourit à son tour, et il ajouta :

— Vous autres Françaises, vous plaisante sur tout. Ah! que vous êtes légères ! Ma belle amie, apprenez que je vous trouve charmante et que je suis décidé à vous prouver mon amour.

La situation devenait critique, et l'amoureux Gogoloff devenait très-entreprenant. Jacqueline avait son plan bien arrêté, et elle suivait un chemin qu'elle connaissait à merveille. On arriva insensiblement près d'une sorte de mare couverte d'herbages et d'une eau vaseuse. On longeait les bords de cette mare au clair de la lune, par un temps superbe. L'officier ne voyait que l'objet aimé. Son bras était passé autour d'une taille fine et pliante, et de gros soupirs s'échappaient de sa poitrine très-bombée. Dans un moment d'exaltation , il saisit Jacqueline à bras-le-corps et lui déclarait que sa *flamme* le rendait fou. Comme il tournait le dos à la mare, la jeune fille jugea que le moment était venu de se délivrer d'un ennemi devenu très-redoutable. Elle se débattait de son mieux, réunissant toute son énergie , elle heurta violemment l'audacieux conquérant, et l'envoya faire un plongeon dans les eaux vaseuses, au milieu des plantes aquatiques. C'était de bonne guerre. Jacqueline avait à sauver plus que sa vie.

Mais, sitôt le coup fait, elle s'élança avec une incroyable vigueur dans les bois, dont elle savait tous les sentiers, et dix minutes après elle était sauvée, ayant complétement dépisté ceux qui auraient pu la suivre. Oh ! son élan était pris et ses pieds touchaient à peine le sol. Connaissant parfaitement le bois, elle s'orienta et courut toujours dans la direction de la ferme. Au bout de trois quarts d'heure, elle atteignit les prairies qui appartenaient au domaine de Vaudancourt. Là, elle était chez elle. Évitant les fossés et passant à travers des haies qui lui étaient connues, elle arriva enfin aux champs qui avoisinent la ferme. Ce fut alors qu'elle distingua bon nombre de gens qui, armés de fusils et de flambeaux, exploraient la campagne et paraissaient chercher quelqu'un avec une inquiétude extrême. Jacqueline jeta un cri. On accourut à elle ; c'était son père ; c'étaient les bons paysans ses amis, qui depuis trois heures n'avaient cessé de battre le pays, à la recherche de la malheureuse enfant. La joie fut au comble. Bernard Houdin serrait sa fille dans ses bras et pleurait. Chacun voulait serrer la main à Jacqueline. Mais la pauvre fille sentait ses forces l'abandonner ; on la vit s'évanouir. L'énergie cédait à la trop grande émotion. On emporta la chère enfant à la ferme, où, certainement, elle eut un réveil des plus doux quand elle reprit l'usage de ses sens.

La leçon donnée à monsieur le comte Gogoloff avait été sévère, mais bien méritée. La mare était boueuse mais peu profonde. Gogoloff y plongea et parvint à se redresser. Dans quel état, grand Dieu ! Son bel uniforme était devenu une affreuse carapace de vase. L'hetman jeta des cris d'énergumène. Il fut entendu des siens, qui accoururent, et qui sans doute lui prodiguèrent les soins dus à son rang et les honneurs que méritaient son mérite, ses vertus et son amoureuse prouesse.

IV

UN FEU DE FILE BIEN DIRIGÉ.

Comme on devait bien s'y attendre une vengeance de la part des Cosaques était inévitable. Aussi Bernard Houdin et Grandchamp se préparaient-ils à repousser énergiquement l'ennemi ; la position devenait grave, Bernard, dans la nuit même, prit un parti qui seul pouvait sauver la ferme de l'incendie. Il écrivit le danger où il se trouvait lui et les siens, au brave capitaine Ernest de Chabriant, et il confia sa lettre à Pierre Lebœuf, qui montait hardiment à cheval, et qui promit d'être au camp français avant le lever du soleil. Pierre sella un des chevaux pris aux

Cosaques quelques jours auparavant, il partit au galop dans la direction du département de l'Aube.

Comptant sur un secours prochain, Bernard et Grandchamp n'en concertèrent pas moins leur plan de défense. Les murailles de la ferme étaient hautes et solides. Les armes et les munitions ne manquaient pas. La *garnison* était très-résolue à une vigoureuse résistance : donc la ferme pouvait bien tenir pendant vingt-quatre heures contre un ennemi supérieur en nombre, mais manquant d'obus et de moyens incendiaires. Jacqueline avait déclaré que le corps de cavalerie russe, commandé par l'hetman Gogoloff, était composé de quatre à cinq cents chevaux, mais qu'elle avait distingué beaucoup de blessés parmi les cavaliers. Du reste, ils ne possédaient rien pour un assaut, et ce n'était pas avec des lances de Pandours qu'on pouvait ébranler les murs de la ferme.

La nuit se passa en préparatifs. On chargea tous les fusils, toutes les carabines, tous les pistolets : les femmes elles-mêmes devaient prendre part au feu. Et, en vérité, on était obligé de modérer leur ardeur belliqueuse. Pour sa part, Jacqueline voulait jeter par terre une douzaine de Pandours. Oh ! il lui fallait bien ce nombre-là pour assouvir un peu ses vengeances.

Dans le fait, la pauvre fille avait passé de terribles moments en compagnie de monsieur l'hetman. Elle lui avait fait faire un très-joli plongeon dans la mare, cela est vrai ; mais qu'était donc ce bain forcé dans l'eau bourbeuse, en comparaison de la fièvre et des abominables anxiétés auxquelles le belle Jacqueline avait été livrée ? Non, la peau de Gogoloff était à peine suffisante pour racheter tout cela ; le Gogoloff était condamné à recevoir deux balles de la main de Jacqueline s'il osait s'approcher de la ferme. Du reste, toutes les compagnes de la charmante fille étaient bien de cet avis. L'hetman n'avait donc qu'à se bien garer.

Houdin et Grandchamp arrêtaient leur plan de défense, lorsque le berger Jean Corbin vint à eux d'un air résolu.

— Ecoutez-moi, vous deux, leur dit-il. J'ai à vous communiquer une idée,

— Vraiment ?

— Oui, une idée fameuse, une idée *chouette*.

— Ah ! ah ! reprirent-ils. Voyons ton idée chouette, maître drôle.

— Avec mon idée , dit Corbin, nous tirerons les Cosaques comme des alouettes au miroir. Pas un coup de perdu.

— Fameux ! ajoutèrent les deux vieux. Tu as la parole ; développe ton idée.

Alors tous les trois se retirèrent à l'écart. Jean

Corbin s'exprima en termes si clairs et si précis, que ses deux interlocuteurs restèrent convaincus que l'idée du jeune drôle était une idée chouette, une de ces bonnes idées qui décident du gain d'une bataille.

Nous les laisserons s'entretenir ensemble pour pour nous occuper un moment de l'ennemi qui, campé à une lieue de distance, préparait, lui aussi son plan de campagne, et cherchait à avoir de son côté une idée *chouette*.

Après le superbe plongeon qu'il avait fait dans la mare, l'hetman Gogoloff s'était redressé sur ses pieds, appelant à tue-tête ses cavaliers. En effet, sa voix finit par être entendue. Quinze ou vingt Cosaques coururent à lui. Ils le trouvèrent dans l'état le plus piteux, embourbé jusqu'à la ceinture et faisant d'incroyables efforts pour se dégager des racinages et des plantes aquatiques qui le retenaient par les jambes. Ce fut alors à qui se mettrait à l'eau pour dégager l'hetman, qui jurait et sacrait de la façon la plus *orthodoxe*. Enfin, on parvint à le tirer du réseau bourbeux, mais dans quel état, juste ciel ! Gogoloff avait plongé dans la vase et toute sa personne était aussi couverte de limon que s'il eût barboté avec les grenouilles pendant huit jours. Il était vert et gris des pieds à la tête, comme un phoque. Son uniforme n'avait plus que l'apparence d'une peau de veau marin. Le large pantalon bleu de ciel, le kouska vert galonné d'argent, le dolman garni de fourrure, tout était de la même teinte, souillé, dégoûtant. Quant au superbe bonnet à poil surmonté de l'aigrette blanche, il flottait sur la mare au milieu des joncs pourris et des herbages noirâtres. On le repêcha ; mais il ressemblait à un chien noyé.

L'hetman, outré de fureur, concentra en lui-même sa colère. Il se voyait plongé dans un abîme d'humiliation. Quatre vigoureux Cosaques le prirent à pleins bras et se mirent en devoir de l'emporter au bivac. Il fallut se relayer deux ou trois fois. Enfin on arriva à la masure en ruines, et là, après de grandes difficultés, on parvint à débarrasser l'officier de ses vêtements, si étrangement trempés et enduits de vase et de bourbe.

Mis à nu comme la main, il fallut cependant songer à l'habiller d'une manière quelconque. M. l'hetman ne pouvait pas monter à cheval et se présenter à l'ennemi dans le costume naïf où l'avait réduit la courageuse Jacqueline. Les cavaliers se regardaient donc entre eux pour savoir comment on vêtirait leur hetman, car on était fort loin des bagages et du quartier-général. Mais un chef de Cosaques n'est jamais embarrassé pour se pourvoir. Gogoloff eut bientôt pris son parti. Il dit tout bonnement à son lieutenant :

— Déshabille-toi complétement des pieds à la tête, et donne-moi tout ton équipement.

Le lieutenant trouva l'idée magnifique. En un tour de main, il se mit à nu comme un sauvage et livra respectueusement toute sa défroque à son hetman. L'idée était si bonne qu'elle devait se propager. Le lieutenant se retourna vers un sous-officier et lui donna mot pour mot le même ordre qu'il avait reçu de son supérieur. Le sous-officier se débarrassa à l'instant de toute sa défroque (fort honoré de cette preuve d'amitié), et le lieutenant fut vêtu des pieds à la tête.

L'exemple était bon à suivre, et par ricochet la toilette devait se continuer du supérieur à l'inférieur,

Le sous-officier avisa un soldat de sa taille et lui demanda ses vêtements, tous ses vêtements. Le Cosaque obéit et le sous-officier fut vêtu. Très-bien jusque-là. Mais Pierre avait vêtu Paul. Jean avait vêtu Pierre. Basile avait vêtu Jean. Restait donc Basile tout nu. Le Cosaque s'adressa bien à ses camarades, chacun lui tourna le dos. Il n'y avait plus d'échelle à descendre. Un Cosaque vaut un Cosaque, et celui qui avait livré ses habits n'avait plus qu'à se résigner à l'état de nature où l'avait réduit la hiérarchie des grades. Il n'eut donc d'autre expédient qu'à prendre une couverture de cheval et de s'en faire un sayon. Ainsi enveloppé, il alla se réfugier parmi les marmitons de la troupe, et se mit à donner des soins aux soupes et aux viandes de la cuisine en plein vent.

La comédie finit de la sorte. Restait le drame, car l'hetman, une fois vêtu et armé, jura par tous les diables et tous les saints de la Russie qu'il exterminerait toute la Champagne si on ne lui livrait pas la drôlesse qui l'avait outragé. M. l'hetman n'oubliait que deux choses : c'est qu'il avait lui, outragé la *drôlesse*, et que les Champenois étaient fort peu d'humeur à se laisser exterminer.

L'ordre de monter à cheval fut donné à trois cents Cosaques. Le reste de la troupe devait attendre au bivac. L'hetman Gogoloff se mit à la tête de ce corps de cavalerie. On savait que la jeune fille coupable d'une tentative d'assassinat appartenait à la ferme de Vaudancourt. Cette ferme devait être brûlée, et ceux qui la défendaient devaient être passés par les armes. Ordre, toutefois, avait été donné de se saisir des jeunes filles et des jeunes femmes qui se trouveraient parmi les ennemis. C'était une galanterie à la façon des pandours, très-amateurs du beau sexe.

Gogoloff, avant de monter à cheval, s'était donné du cœur par un excellent verre de rhum de la Jamaïque, et les Cosaques ne s'étaient pas épargné l'eau-de-vie et le vin vieux. La maraude fournissait abondamment la cantine de ces messieurs. Il était environ trois heures du matin. La troupe de l'hetman se mit en route dans la direction du sud-est, précédée par deux éclaireurs.

`On touchait à la fin de février. Le temps était clair et assez vif. Un beau clair de lune inondait la campagne.

Vers les quatre heures du matin, avant l'aube du petit jour, les habitants de la ferme de Vaudancourt aperçurent du haut des bâtiments où ils s'étaient postés, le scintillement des armes d'une troupe qui marchait. Houdin et Grandchamp s'étaient préparés à l'attaque et avaient mis à exécution l'idée *chouette* de Jean Corbin. En campagne une bonne idée vaut les meilleurs soldats. Celle du berger Corbin fournit une preuve de plus pour confirmer cette vérité.

Les Cosaques, arrivés à deux portées de fusil de la ferme, s'arrêtèrent comme pour s'éclairer sur les moyens d'attaque. Huit ou dix d'entre eux furent détachés en avant. Ils s'approchèrent des murailles de Vaudancourt et ils firent le tour des bâtiments. Pas un habitant ne se montrait aux fenêtres, ni à la hauteur du mur de clôture. Les Cosaques crurent toute la ferme endormie. Deux d'entre eux, munis chacun d'une botte de paille piquée au bout de la lance, cherchèrent une fenêtre des étables pour y lancer la flamme; mais toute fenêtre basse donnant sur la campagne, était murée. Les Cosaques s'approchèrent alors du mur de la cour, allumèrent leurs bottes de paille et les lancèrent par-dessus la muraille.

Une grande lueur éclaira la ferme et les environs, mais pas un habitant ne bougeait.

Il y avait en face des bâtiments de Vaudancourt une prairie encadrée de fortes haies. A la clarté de la paille qui brûlait dans la cour et à la clarté de la lune, les Cosaques distinguèrent bon nombre de paysans embusqués derrière ces haies et tenant des fusils prêts à faire feu. Ils rebroussèrent chemin au galop, et allèrent prévenir le gros de la troupe commandée par l'hetman que l'ennemi était hors de la ferme et posté en tirailleurs dans la prairie.

— Nous les tenons, dit Gogoloff.

Aussitôt il commanda de marcher en avant et de sabrer les paysans armés. Pour arriver à la prairie, il fallait longer les murs de la ferme et passer sous les fenêtres des bâtiments. Les Cosaques n'hésitèrent pas, et les voilà s'avançant au pas, lance en arrêt. Dès qu'ils arrivèrent à l'entrée de la prairie, l'hetman donna le signal, et les deux cent cinquante cavaliers pénétrèrent dans le carré formé par les haies. Là ils étaient pris au piége ; là ils tombèrent dans le plan stratégique de Jean Corbin ; car on les vit fondre contre les haies, la lance au poing, et n'attaquer et n'embrocher que des mannequins de paille armés de bâtons en guise de fusils, et postés dans les charmilles comme des hommes prêts à faire feu. Mais, ainsi réunis sur un seul point, quelle ne fut point leur épouvante en recevant du haut des murs de la ferme, du haut des toits et des fenêtres, qui se garnirent tout à coup de combattants, la plus meurtrière des décharges de mousqueterie. Pas un coup de feu n'était perdu. Les Cosaques, pris au piége dans ce labyrinthe de haies épaisses et de fossés, se culbutaient entre eux et tombaient sous les balles des paysans, absolument comme des alouettes que l'on tire au *miroir*. C'était là l'idée fameuse, l'idée *chouette* de Jean Corbin, mais mise à exécution avec un incroyable bonheur.

Trente à quarante coups de feu partaient à la fois, et ils étaient suivis d'autant de détonations, car les combattants recevaient des fusils chargés et rechargés par ceux et par celles qui les servaient derrière eux. Les cris, les hurlements s'élevèrent du champ de bataille. Hommes et chevaux, tout tombait sous un feu de file bien nourri. Quelques Cosaques ripostèrent aux bâtiments par des coups de pistolet, mais mal dirigés ou hors de portée. L'hetman Gogoloff s'était fourvoyé au milieu de la mêlée; s'il reçut des balles, il y en avait certainement qui partaient à son intention de la carabine de Jacqueline, qui tirait comme une folle d'une fenêtre haute. Cette fille décidément avait juré la mort de son amoureux.

Ce combat dura une demi-heure tout au plus. On pouvait déjà distinguer une centaine de chevaux couchés par terre et autant {de cavaliers, sans compter les blessés qui tenaient encore en selle. L'épouvante gagna la troupe tout entière, car le feu ne cessait pas. On vit alors ce qui restait sauter par-dessus les haies et gagner la campagne à toute bride et à la débandade. De ce nombre était l'amoureux de Jacqueline, le vaillant Gogoloff.

Quand cette volée de pandours se fut perdue dans l'espace, le feu de mousqueterie cessa, et comme le jour était prêt à paraître, on crut prudent de ne pas tenter encore une sortie.

Bernard Houdin et Grandchamp venaient d'obtenir une victoire complète. Ils réunirent tout leur monde dans la cour. On s'assura que personne n'avait été blessé par les balles des pistolets cosaques, et on s'embrassa cordialement, avec force félicitations sur le courage et le sang-froid que chacun avait montrés. Quant à Jean Corbin, il fut porté en triomphe. Son idée *chouette* avait sauvé la ferme et la garnison.

Oui, mais il était temps qu'un secours arrivât du camp français, car certainement les Cosaques devaient revenir en plus grand nombre, la rage dans le cœur et décidés à tirer une vengeance éclatante de leur déroute.

Bernard Houdin monta au sommet du pigeonnier, une longue-vue à la main, et, par une lucarne, il explorait la campagne à la clarté de la première aube. Tout à coup il jeta un cri de joie, et vint annoncer à ses braves amis qu'il avait parfaitement distingué une troupe de cent cinquante à deux cents hommes de cavalerie dans la direction de la ferme par le chemin de Troyes. Houdin ajoutait même qu'il avait reconnu des chasseurs de la garde impériale à leur uniforme et à leur guidon.

C'était le capitaine Ernest de Chabriant qui accourait au secours de la ferme de Vaudancourt.

V

LA CHASSE A COURRE AU PANDOUR.

Le capitaine Ernest, à la tête de cent cinquante chasseurs à cheval, arriva au moment de la complète déroute des Cosaques. Le champ de bataille de la prairie était couvert de morts et de blessés. Le capitaine serra la main de Bernard Houdin et de ses braves amis, et les félicita de leur brillant fait d'armes.

— Mes camarades, leur dit-il, ce n'est pas assez de vaincre, il faut profiter de la victoire. Mon colonel m'a ordonné de mener vivement cette horde de pandours qui incendie et pille tout ce canton. Vous allez transporter à la ferme les blessés et leur donner des soins. Quant aux morts, allez les enterrer dans les champs du domaine de Vaudancourt. Madame ma tante sera bien aise d'apprendre que ses terres ont donné une honorable sépulture aux Cosaques de Sa Majesté l'empereur de toutes les Russies. Quant à moi, ajouta-t-il, après avoir pris une demi-heure de repos avec mes hommes, je vais commencer une chasse à courre qui, je l'espère, sera bonne. Allons, Bernard, du vin de champagne et des vivres pour mes chasseurs ; de l'avoine pour mes chevaux, et vive l'Empereur !

Un cri unanime répondit à ces paroles du capitaine Ernest. On fêta les chasseurs, qui, sans prendre le temps de s'asseoir, firent un excellent déjeuner.

— Mais, à propos, reprit Ernest de Chabriant tout en mangeant un succulent morceau de jambon, j'oubliais de vous dire que je vous ramène notre ami, ce digne M. de Walbruk que vous m'avez envoyé par le fourgon. Eh ! que diable vouliez-vous que je fisse de cet oiseau-là au camp ? S'il est innocent, il m'aurait furieusement

embarrassé; où l'aurais-je logé? S'il est coupable
de connivence avec les Russes, on l'aurait fusillé
sans forme de procès, et, franchement, j'aime
autant que l'homme de confiance de mon honorable tante aille se faire pendre ailleurs. Vous
allez donc le voir arriver, monté sur un cheval
d'escadron, avec mon arrière-garde. Oh! il est beau
le monsieur! Par exemple, la leçon a été bonne.
Le Walbruk a une peur de chien. Vous le garde-
rez ici jusqu'à nouvel ordre. A mon retour de la
chasse à courre, nous verrons ce que nous ferons
du personnage. Allons, adieu, mes amis, et à
bientôt.

Alors le capitaine ordonna à son trompette de
sonner le boute-selle. Trois minutes après, toute
la compagnie était à cheval. Mademoiselle Jacqueline donna des renseignements précis sur le point
où était situé le bivac des Cosaques. Le capitaine
Ernest avait beaucoup ri de l'aventure de la mare
d'eau que lui avait racontée la charmante fille. Il
lui dit en lui serrant la main du haut de son beau
cheval d'escadron :

— Ma chère Jacqueline, je vous promets de mé-
nager les jours précieux de M. l'hetman Gogoloff
que vous idolâtrez. Je tâcherai de vous amener ce
charmant cavalier. Eh! eh! Jacqueline, c'est peut-
être un mari.

Un grand éclat de rire accueillit ces paroles, et

le capitaine, ayant rangé sa troupe en bataille, reprit son sérieux et commanda un *en avant, au trot.* La compagnie de chasseurs à cheval partit dans le plus grand ordre et très-résolue à pourchasser vigoureusement les cinq ou six cents pandours de Gogoloff.

Dix minutes après on vit arriver à la ferme six chasseurs et un brigadier, au milieu desquels caracolait, un peu malgré lui, le *très-honorable* M. de Walbruk.

Quand il entra dans la cour, les habitants de la ferme et Jacqueline en tête, sans oublier Jean Corbin, étaient sur le point de le huer; mais Bernard Houdin interposa son autorité. L'intendant de madame la comtesse descendit piteusement de cheval, harrassé, moulu et fort compromis dans une région qu'il ne serait pas bienséant de nommer.

— Il parait, lui dit Granchamp, le maréchal des logis en retraite, il paraît monsieur de Walbruk, que les chasseurs de la garde impériale vous ont mené d'un train de poste. Sacrebleu! petit ami, vous n'aurez pas toujours une si belle escorte.

— On s'en serait bien passé, reprit Walbruk avec un grognement.

Mais il se hâta de gagner sa chambre, où il fut suivi par le fermier Houdin. Là il fallut décidément donner des soins au cavalier compromis, et ce fut Jean Corbin qui lui apporta des emplâtres du plus beau suif.

— Là ! là ! lui dit le drôle. Appliquez-vous cela quelque part et gentiment. Surtout ne dites jamais aux Cosaques l'usage que vous faites de nos chandelles ; ils en seraient jaloux. Vous savez qu'ils s'en régalent comme si c'était du sucre de pomme en bâton, les fichus gourmands !

— Commence par t'en aller d'ici, répliqua Walbruk de très-mauvaise humeur.

— Il ne faut pas vous fâcher, reprit le drôle. Aimer la chandelle, c'est un défaut ; mais si les Cosaques n'avaient que celui-là, ce ne serait rien.

— Veux-tu bien me laisser tranquille avec les Cosaques, répliqua Walbruk qui perdait patience.

— Mes Cosaques ? ajouta Jean Corbin. Ma foi non ! gardez-les pour vous, monsieur de Walbruk. Quant à moi, je leur fais la guerre.

— Toi ! dit l'intendant d'un air de mépris. Un rat qui veut croquer des lions !

— Ah ! ah ! reprit Corbin. Vous les vantez, vous les aimez donc !

— Paix ! dit Bernard Houdin qui voyait bien où l'enfant voulait en venir. Laisse-nous, Jean, laisse-nous, mon ami. Nous avons à causer, monsieur et moi.

Le berger obéit et alla retrouver ses amis, à qui il raconta de quelle manière Walbruk se trouvait emplâtré au physique comme au moral. On entendit de bruyants éclats de rire dans la cour.

Walbruk prit un air sérieux et voulut se donner de l'importance.

— Vous voyez, dit-il à Bernard, de quelle façon je suis insulté par ces paysans, des drôles qui vivent des bienfaits de madame la marquise...

— Oui, reprit Houdin, en gagnant son argent par leurs travaux. Ces braves gens, monsieur, sont d'honorables cultivateurs. Il ne faut pas mépriser les paysans, entendez-vous ; surtout il ne faut pas oublier que, dans ce moment-ci, ils sont tous soldats et qu'ils se battent crânement contre les ennemis de la France.

Houdin appuya sur ces dernières paroles. C'était un bon reproche à l'adresse de Walbruk. Celui-ci comprit parfaitement.

— Mon ami, lui dit-il d'un ton et d'un air sournois, je crois qu'on s'est bien trompé sur mon compte. Vous m'avez tous injurié et vous m'avez exposé au plus grand péril.

— En effet, reprit Bernard Houdin, j'ai vu le moment où on allait vous fusiller.

— Et pour quelle raison ? demanda Walbruk. C'eût été m'assassiner !

— Tenez, dit Houdin, parlons franc, personne
ne peut nous entendre. Je vous ai sauvé et je n'en
suis pas fâché ; mais convenez, monsieur de
Walbruk, que vous aviez sur vous toutes les
preuves d'une mauvaise conduite. Vous veniez
ici avec un sauf-conduit russe, dans l'intention...

— Dans quelle intention, monsieur ? demanda
Walbruk avec arrogance.

— Ah ! pardieu ! vous le voulez ? reprit Bernard. Eh bien, dans l'intention de livrer la ferme
et nous tous aux ennemis de la France, ceux que
vous appelez les *alliés*. Là, êtes-vous content ?

Walbruk baissa le nez et ne répliqua plus un
mot. Il demanda à se coucher, et Bernard Houdin lui souhaita un bon sommeil, puis il alla rejoindre ses amis qui l'attendaient pour déjeuner.

Pendant ce temps-là, les braves chasseurs à
cheval de la garde, sous la conduite du capitaine
Ernest, tenaient la campagne et allaient à la découverte de l'ennemi. Il s'agissait de chasser le
Cosaque du canton, et au besoin de le sabrer
d'importance. M. Ernest voulait absolument se
donner la joie d'une chasse à courre au pandour.
L'hetman Gogoloff lui paraissait un très-bon cerf
à forcer et à prendre vivant.

C'était dans ces heureuses dispositions qu'il
s'avançait vers le bivac ennemi. Il envoya en
avant deux éclaireurs avec ordre de bien obser-

ver la position des Cosaques et de revenir lui
en rendre compte.

Au bout d'un quart d'heure, les deux chassseurs,
de retour auprès du capitaine Ernest, lui appri-
rent qu'ils avaient observé de loin le bivac de
Gogoloff.

— Les Cosaques, dirent-ils, s'apprêtent à monter à cheval ; mais forts mécontents de quitter les
marmites et les tonneaux de vin, ils n'obéissent
qu'aux coups de bâton de leurs chefs. La moitié
des chevaux est encore au piquet. L'hetman par-
court le bivac comme un furieux, distribuant de
fortes rations de coups de plats de sabre.

— C'est bien, dit le capitaine. Nous allons com-
pléter la distribution, mais au fil de la lame.

Un pli du terrain séparait les chasseurs de la
garde du bivac ennemi. Le capitaine partagea sa
troupe en deux. Il donna un trompette au lieutenant, en recommandant à cet officier de faire
sonner la charge dès qu'il le verrait lui-même
charger les Cosaques. Le lieutenant devait attaquer du côté opposé à celui du capitaine, en sorte
que Gogoloff se croirait pris entre deux feux.
Ordre fut donné également à quelques chasseurs
de couper à coups de sabre les cordes qui retenaient encore la moitié des chevaux au piquet.
Ces chevaux effarés et sans cavaliers devaient
nécessairement porter la plus grande confusion

chez l'ennemi. Lancés en toute liberté à travers champs, ils seraient pris infailliblement par les habitants des villages que les coups de pistolets devaient attirer en armes vers le lieu du combat.

Ces prévisions étaient justes. Le capitaine Ernest, à la tête de soixante-quinze chasseurs, fondit sur les Cosaques, trompette sonnant. Son lieutenant, du côté opposé, se rua en même temps sur l'ennemi. Les Cosaques, épouvantés, jetèrent des hurlements de loups ; ils se crurent surpris par deux régiments de cavalerie de la garde. Les chevaux au piquet brisèrent d'eux-mêmes leurs longes et se mirent à ruer et à galoper de ci et de là, se précipitant sur les rangs des cavaliers russes et les culbutant. Le capitaine Ernest fit une charge à fond, après l'attaque au pistolet. Admirablement secondé par son lieutenant, il sabra les Cosaques qui voulurent résister un moment. Mais ceux-ci, entraînés dans la déroute générale, ne tardèrent pas à suivre les fuyards. Alors commença vraiment la *chasse à courre*. Les cavaliers d'Ernest, déployés en demi-cercle, s'étaient réunis à ceux du lieutenant, et chassaient devant eux les pandours comme un troupeau de cerfs. Gogoloff crevait son cheval à coups d'éperon, comprenant très-bien que l'on cherchait à le prendre ; ses Cosaques, sans guides, sans officiers, erraient à l'aventure dans les champs, tombant dans les fossés, dans les mares d'eau, dans les ravines. Mais, au bruit de la mousqueterie, de nombreux paysans, armés de carabines et de fusils de chasse, accoururent de toute part. Alors ce fut un feu roulant ; les Cosaques échappés aux sabres des cavaliers français tombaient sous les balles des villageois qui se postaient pour les tirer comme des chevreuils.

Le capitaine voyait le succès de sa chasse dépasser de beaucoup ses espérances. Quant à se saisir de Gogoloff, M. Ernest n'en put avoir la joie, car le cheval de l'hetman était excellent, et il avait pris du champ dès le commencement de l'action. Le capitaine aurait pourtant bien voulu ramener à mademoiselle Jacqueline monsieur son amoureux. Il fallut y renoncer, d'autant plus que la chasse finissait faute de gibier. On ne voyait plus un seul Cosaque debout dans la plaine ; les uns étaient couchés par terre, les autres s'étaient fondus dans les brouillards de l'horizon.

Le capitaine fit sonner la halte, et la troupe se reforma en escadron. Cinq ou six chasseurs à cheval avaient été blessés, mais peu grièvement. Le capitaine Ernest félicita les habitants des campagnes qui s'étaient réunis à sa troupe sur leur intrépidité. Il leur recommanda de fumer leurs terres avec les pandours morts, mais d'avoir grand soin des blessés qu'ils trouveraient épars çà et là dans les champs. Il leur conseilla de s'emparer des chevaux qui erraient en liberté et de s'en servir , en dédommagement des bestiaux que l'ennemi leur avait pris et tués ; puis il les exhorta à continuer une défense énergique, leur rappelant qu'ils combattaient pour leurs foyers et pour la France envahie.

Ces braves gens répondirent par les cris de : *Vive l'Empereur! Vive la France ! Vivent les chasseurs de la garde !*

Le capitaine prit congé d'eux et donna le signal du départ. Ce fut au petit trot que la compagnie de chasseurs regagna la ferme de Vaudancourt, comme si elle revenait de la parade, ou plutôt d'une *chasse à courre.*

Une fois ses soldats à l'abri d'un coup de main de la part des paysans, l'hetman Gogoloff passa la nuit sans pouvoir prendre un instant de repos ; l'image de Jacqueline lui trottait dans la tête, et il lui pardonnait le mauvais tour qu'elle lui avait joué en le faisant tomber dans la mare aux canards. Il ne pensait qu'à la revoir. Aussi, dès le point du jour, ayant visité son camp improvisé, et voyant ses Cosaques ronfler comme des marmottes, il partit emporté par sa passion, et se dirigea vers la ferme, dans l'espoir de revoir l'objet de son amour.

Arrivé à une portée de fusil de l'habitation, il

attacha son cheval à un arbre, et fît le reste de la route à pied.

Son espoir ne fut pas trompé.

Il vit Jacqueline qui s'avançait vers la grande route, regardant de tous côtés, comme si elle cherchait quelqu'un dans le lointain. Il se cacha derrière une rangée de pommiers, et, lorsqu'elle fut près de lui, il la saisit au passage.

Jacqueline jeta un cri.

Mais bientôt elle se remit, et s'apprêta à se défendre de son mieux contre son amoureux du Don.

L'hetman lui prit la taille et chercha à l'embrasser.

Mais la robuste fille lui lança un soufflet, qui lança le bonnet de Gogoloff par terre.

La lutte était ainsi engagée, et, malgré le courage de Jacqueline elle aurait sans doute fini par succomber dans ce combat d'un baiser.

Heureusement le ciel lui envoya un auxiliaire.

C'était Jean Corbin, qui arrivait de la ville. Lorsqu'il vit Jacqueline aux prises avec l'hetman, il saisit une fourche qui se trouvait auprès d'une meule de blé et courut sur le Cosaque.

Celui-ci fut obligé de lâcher prise.

Fuyant devant le jeune paysan, il rejoignit bientôt son cheval et partit au galop.

Jacqueline et Corbin, restés maîtres du champ de bataille, rentrèrent à la ferme, emportant en triomphe le bonnet du Cosaque tombé sur le lieu du combat.

VI

UN SALON A PARIS LE 28 MARS 1814.

Éloignons-nous de la ferme de Vaudancourt, dont l'état de défense était devenu-très rassurant, pour nous diriger vers Paris, où nous aurons quelque plaisir à faire cennaissance avec les nobles propriétaires d'un hôtel du faubourg Saint-Germain.

Un mois s'était écoulé depuis les événements que nous avons racontés. On touchait à la fin de mars. La cause de l'Empire était perdue; tout l'héroïsme de l'armée, tout le génie de Napoléon, n'avaient pu le sauver. L'empereur, suivi d'une partie de la garde, s'était retiré vers Fontainebleau. Le duc de Trévise et le duc de Raguse tenaient encore tête à l'ennemi à l'entrée de Paris, du côté de la Marne, mais une capitulation était imminente. Dans la capitale, la nouvelle circulait que les deux maréchaux n'attendaient plus que le consentement de Napoléon pour signer avec les *alliés* un traité honorable après une glorieuse résistance.

Or, dans un grand salon d'un hôtel situé au noble faubourg Saint-Germain, quatre ou cinq personnages causaient entre eux d'une manière très-animée. On lisait les bulletins, on les commentait, on se les passait, on faisait des conjectures à perte de vue, et, somme toute, on était ravi de la tournure que prenaient les *affaires*.

Une dame, âgée d'environ soixante ans, l'air très-noble et la mise de très-bon ton, assistait à ce colloque, assise dans un grand fauteuil, près de la cheminée. C'était madame la marquise de Vaudancourt, que nous connaissons déjà de réputation. Une jeune personne de dix-huit ans environ, belle, mieux que cela, charmante, brodait de la tapisserie devant un métier fort élégant. Cette jeune fille, blonde, svelte, un peu pâle, l'œil doux et animé, parfaitement distinguée en tout point, était la nièce de la comtesse, elle se nommait Hélène de Livry. Elle était orpheline, mais adoptée par la marquise, qui devait lui laisser une bonne part de sa belle fortune.

Mademoiselle Hélène, on le voyait, ne partageait pas très-franchement la joie générale du salon touchant les événements. Elle avait pour cela une excellente raison, que la noble tante connaissait ou à peu près. Hélène était cousine du capitaine Esnest de Chabriant, et la cousine avait un commencement d'inclination pour le cousin. Une inclination à sa naissance chez une jeune personne comme Hélène pouvait rapidement devenir une passion. Hélène était une de ces âmes fières et ardentes qui n'aiment pas à demi. Le capitaine était brave, instruit, distingué, doué des sentiments les plus élevés.

Parmi les visiteurs qui se trouvaient ce jour-là chez la marquise, on pouvaient remarquer un homme de cinquante ans environ, qui paraissait très-bien informé des événements politiques. Nous ne le nommerons pas dans ce récit. Son nom est devenu célèbre. Il parlait avec une assurance remarquable de l'avenir de la France.

— Madame la marquise, dit-il en prenant sa canne et son chapeau pour se retirer, la chose est faite ; dans trois ou quatre jours, S. M. le roi de France et de Navarre fera son entrée dans la capitale de son royaume. Sur ce mot-là, il salua la compagnie et quitta le salon.

— Miséricorde ! s'écria la marquise en levant les mains au plafond ; il se pourrait !...

— Cela est tellement dans les choses certaines, reprit un voltigeur de Louis XV) une tête coiffée à l'oiseau royal) ; cela est tellement sûr, que j'ai donné l'ordre à mon valet de chambre de mettre en état mon habit militaire et mon épée.

— Votre épée? demanda la douce voix d'Hélène. Vôtre épée, monsieur le vicomte? Eh! mon Dieu, pourquoi faire? Je ne vous ai jamais vu en épée.

— Mademoiselle de Livry me permettra de lui rappeler, reprit le vicomte, qu'elle n'a que dix-huit printemps. Il lui est bien permis d'ignorer que j'ai été, comme tous nos aïeux, un *homme d'épée*. J'espère bien prouver que je le suis encore.

— Ah! mon Dieu, dit Hélène, est-ce que vous allez entrer en campagne? Mais, si Paris capitule, nous voilà à la paix.

— La paix! reprit le vicomte. Oui, mademoiselle. Mais croyez-vous que la paix anéantira tous les ennemis du roi?

— Bon! Et vous voulez les tuer?

— Je veux ceindre l'épée et revêtir mon uniforme, mademoiselle, reprit-il en pirouettant sur ses talons. Il en arrivera après ce que Dieu voudra.

— Eh! monsieur le vicomte, pourquoi avez-vous manqué une si belle occasion? Il me semble que vous pouviez très-bien mettre votre épée au service du roi à l'armée du prince de Schwarzenberg.

— J'ai fait mes preuves, ajouta sèchement le vicomte. L'Europe sait que je suis homme de guerre autant que personne.

— Quoi ! dit la marquise, vous répondez à cette enfant ? Vicomte, songez donc qu'elle ne sait rien de l'ancien régime. Mais laissez arranger les choses, et vous verrez que mademoiselle de Livry, mariée et *présentée*, sera de la cour comme vous et moi.

— Heureux celui à qui il sera permis d'aspirer… reprit le vicomte, à l'honneur…

Et, en disant ces paroles d'une voix flûtée, le galant gentilhomme s'inclinait et *coulait* à mademoiselle Hélène le plus tendre et le plus agaçant des regards.

Or, M. le vicomte de la Pigeonnière de Gloussac était un Adonis de cinquante-cinq à soixante ans, il est vrai qu'il avait autant de mille livres de rentes que de printemps.

Ce fut dans ce moment-là qu'on vint apporter une lettre pour madame la marquise. La lettre arrivait par la poste, mais on voyait qu'elle avait fait bien du chemin pour parvenir à son adresse. Cependant elle portait le timbre de Nangis seulement.

— Ah ! dit la marquise en ouvrant le pli, c'est de mon neveu, le comte Ernest de Chabriant, qui m'annonce certainement qu'il s'est mis à la suite

des alliés pour faire son entrée à Paris. Voyons.
Elle lut :

« Ma chère tante,

« Tout est perdu, fors l'honneur. »

— Bravo ! s'écria le comte de la Pigeonnière-Gloussac. C'est un vrai chevalier que M. le comte Ernest.

— Bravo ! répétèrent les cinq ou six assistants titrés et poudrés.

La tante, émue aux larmes, reprit :

« Fors l'honneur. Nous nous battons et nous nous battrons jusqu'au dernier soupir. On dit que Paris va capituler ; je ne le crois pas. Dans tous les cas, soyez sûre que si les alliés entrent par une barrière, nous entrerons par une autre. La garde impériale est décimée, mais ce qui reste suffira pour sabrer dans les rues les Cosaques que nous avons si souvent sabrés dans la plaine. Pour ma part, j'en ai tué plus de vingt. Vos gens de la ferme de Vaudancourt ont tenu bon et tiennent encore. Ils ont très-bravement fusillé les Pandours, les Cosaques, les Baskirs, les Kalmouks et toutes les hordes de brigands qui tombaient sous leur canon de fusil... »

Ici la lettre elle-même tomba des mains de la marquise. Un silence stupéfiant se fit dans le salon.

— Le malheureux ! dit enfin avec un gros soupir madame de Vaudancourt.

Le vicomte de la Pigeonnière-Gloussac ramassa la lettre et en acheva la lecture sous prétexte d'avoir des renseignements sur ce que faisait Bonaparte.

La lettre finissait ainsi :

« On dit l'Empereur à Fontainebleau. Il n'abdiquera pas, je l'espère ; alors, ma chère tante, croyez bien que j'irai le retrouver. C'est mon devoir. Nous rentrerons avec lui à Paris. J'ai voulu vous rassurer ; j'aurai soin de protéger votre hôtel de toute agression. Mais, pour Dieu, pas d'imprudence ! Restez chez vous. Je vous réponds que vous n'y risquerez rien, non plus que ma belle cousine Hélène, à qui je baise les mains très-respectueusement. »

— Mon Dieu ! s'écria la marquise, le regard au ciel.

— Mon Dieu ! protégez mon cousin, reprit la charmante cousine en ne retenant plus une larme qui roulait comme une perle sur sa joue blanche et fine.

— Ah ! palsembleu ! c'est trop fort et trop audacieux ! exclama le vicomte. Comment ! oser écrire ces choses-là la veille de l'entrée du roi de France dans sa capitale ! Du reste, ajouta-t-il comme par réflexion, rassurez-vous, madame la marquise. Si Bonaparte tente de rentrer dans Paris pour y combattre les alliés, je me rends ici et je ne quitte plus votre hôtel. Rassurez-vous.

— Oh ! nous ne craignons rien, ajouta Hélène avec une colère ironique, et surtout pour vous, monsieur le vicomte. Nous savons très-bien que vous choisiriez cette maison pour votre poste militaire.

— Mademoiselle de Livry croirait-elle que je choisirai cet hôtel comme un abri contre les troupes de Bonaparte ? reprit-il en se campant sur la hanche.

— Eh ! monsieur, répliqua Hélène, vous savez bien que le capitaine Ernest promet toute protection à la maison de sa tante.

— Mademoiselle, reprit le fier Amadis, apprenez qu'une fois ceint de mon épée, je ne me connais plus... et que M. Ernest fera très-bien de m'éviter... tête bleue ! j'ai vu le feu à...

— A la chasse, monsieur le vicomte, dit Hélène avec un calme écrasant.

Le vicomte se retourna vers la marquise sous prétexte de lui faire respirer un flacon, car cette bonne chère dame était tombée dans une crise nerveuse.

Hélène courut à sa tante pour lui donner des soins. Les visiteurs se retirèrent un à un et sans bruit.

VII

LA CHASSE AU TRÉBUCHET.

Revenons à la ferme que nous avons quittée à regret pour Paris, où nous avions une visite obligée à faire à madame la marquise.

Dans les derniers jours de mars, la garde impériale, comme nous l'avons dit, s'était repliée sur Fontainebleau avec l'empereur Napoléon. Le grand homme, après des victoires et une résistance inouïes, cédait devant la masse énorme des armées ennemies. Il occupait Fontainebleau, entouré de quarante mille hommes, et faisait encore trembler les rois confédérés, entrés à Paris après la capitulation.

La garde avait fait des prodiges de valeur. Mais que d'intrépides soldats étaient restés sur le champ de bataille ou gisaient blessés aux ambulances militaires !

De ce nombre était le capitaine Ernest de Chabriant, que nous connaissons intimement. Dans une brillante charge de cavalerie, il avait reçu un biscaïen dans le bras gauche, et n'en avait pas moins continué à sabrer l'ennemi jusqu'à la fin du jour, tenant la bride de son cheval aux dents et jouant de la lame avec sa droite pour venger sa gauche. Mais, épuisé, vaincu par la douleur, il était tombé de cheval. Comme il se trouvait à peu de distance de la ferme de Vaudancourt, il avait demandé à être transporté chez ses bons amis. Après un pansement douloureux, et après avoir reçu du chirurgien les instructions nécessaires pour son traitement, le capitaine escorté par trois chasseurs à cheval, fut conduit à la ferme de Bernard Houdin dans un fourgon

Il y avait été reçu avec des larmes, à bras ouverts, et avec enthousiasme. Houdin, mademoiselle Jacqueline sa fille, et mademoiselle Marguerite sa nièce, ne quittaient pas la chambre du charmant et pauvre blessé. Les soins les plus affectueux, les attentions les plus délicates, tout lui était prodigué. Il y avait aussi, parmi les habitants des campagnes réfugiés à Vaudancourt, un vieux bonhomme qui, dans le temps, avait exercé dans les villages la double et honorable profession d'artiste vétérinaire et de chirurgien. On dit même qu'il avait été appelé quelquefois comme médecin, et qu'en dépit de la faculté, il avait opéré certaines cures assez extraordinaires. Quoi qu'il en soit, le bonhomme, qu'on appelait le *docteur*, avait assez d'habileté pour traiter une blessure au bras. Celle de M. Ernest était tout bonnement une fracture. Il s'agissait de garder le

lit et de tenir le membre fracturé dans un état de
repos complet entre des planchettes. Vingt-cinq
à trente jours devaient suffire pour déterminer
une cohésion et produire un calus, l'os une fois
soudé, pour ainsi dire, le blessé était hors d'affaire.

Mais le pauvre blessé, étendu sur un lit, s'en-
nuyait furieusement. Pour le distraire, les jeunes
filles lui lisaient de vieux romans, et surtout les
papiers publics qu'on parvenait à se procurer. Le
capitaine bondissait quelquefois d'indignation aux
nouvelles des désastres. La capitulation de Paris
le mit en fureur. On le calmait, on le conjurait
de s'apaiser sous peine de se voir estropié pour
le reste de sa vie. Un tendre souvenir lui revenait
quelquefois, et les demoiselles de la ferme qui
n'ignoraient pas les sentiments amoureux de
M. Ernest pour sa belle cousine, trouvaient de
très-fins et de très-jolis arguments à faire valoir
en faveur de la morale qu'elles lui prêchaient.
Plusieurs fois elles lui avaient donné tout ce qu'il
fallait pour écrire à mademoiselle de Livry. Mais
les réponses étaient rares, très-courtes, gênées,
sinon froides et étudiées. On voyait que ces lettres-
là avaient dû être écrites sous la surveillance de
madame la marquise et sous l'influence des idées
de son salon.

M. de Walbruk n'était plus à la ferme. Il avait

profité de l'entrée des alliés à Paris et du traité de paix pour se rendre à son poste, chez madame de Vaudancourt. Le capitaine avait en lui un ennemi intime. Il le savait et il ne doutait nullement de la malveillance de ce personnage à son égard. Aussi avait-il juré plusieurs fois qu'il lui casserait les reins. M. de Walbruk pouvait compter là-dessus, et mesdemoiselles Jacqueline et Marguerite de rire aux éclats, comme deux folles qu'elles étaient.

Cependant, depuis la capitulation, toute hostilité avait cessé en Champagne. Les corps d'armée ne se battaient plus. L'armée française n'existait réellement encore qu'autour de l'Empereur, à Fontainebleau. Mais les bandes de maraudeurs ne cessaient d'infester les provinces. Les Cosaques, en Champagne, avaient cessé d'incendier et de tuer. Quant à la dévastation et au pillage en détail, ils n'y avaient nullement renoncé. Ils erraient encore, moins redoutables, mais toujours voleurs. C'est aux bestiaux qu'ils en voulaient; c'est la volaille qu'ils enlevaient; c'est le vin qui les tentait. Les habitants des campagnes refusaient toute contribution. Les Cosaques les prélevaient de vive force ou par ruse.

La ferme de Vaudancourt leur avait été fatale. Ils n'osaient l'attaquer les armes à la main; mais il ne se passait pas de jour, ou plutôt il ne se passait pas de nuit sans que des Pandours maraudeurs ne fissent quelques tentatives sur le bétail. Plusieurs douzaines de moutons avaient été enlevées ; les oies, les canards, les poules avaient été décimés. Enfin, une des vaches de mademoiselle Jacqueline avait été surprise et emmené Dieu sait où. Ce dernier trait de brigandage avait exaspéré les habitants de la ferme. Ils étaient moins nombreux depuis que la paix avait permis à chacun de regagner son village et son logis, mais Bernard Houdin, ses valets et ses amis, n'en étaient que plus ardents à surveiller et à chercher à se rendre redoutables.

Le capitaine était comme le commandant de la place. On lui rapportait tout ce que faisait l'ennemi, et on se dirigeait selon ses conseils et ses ordres. Grandchamp, le vieux maréchal des logis, était son premier lieutenant. Pierre Lebœuf et Jean Corbin étaient ses officiers d'ordonnance.

Un jour on assembla le grand conseil pour aviser à prendre une mesure énergique contre les maraudeurs, les pillards, les brigands. Le capitaine, qui avait le temps de beaucoup méditer sur son lit, annonça qu'il allait faire une communication importante. En effet, il proposa un moyen superbe de prendre au piége l'ennemi et d'épouvanter tous ceux qui viendraient encore rôder autour de la ferme. L'idée était triomphante ; elle fut acceptée avec acclamation.

Il s'agissait tout simplement de creuser de profondes et larges fosses tout autour de la ferme, surtout aux embranchements des chemins, de les recouvrir de broussailles et de terre de manière à tromper les maraudeurs. On laisserait dehors une partie du bétail pendant la nuit. Les Cosaques arriveraient comme des loups, et certainement on en prendrait un bon nombre au trébuchet. La question devenait grave. Une fois tombés dans les fosses, les Cosaques devaient-ils être fusillés comme des bêtes fauves ? Le traité de paix proclamé dans tous les villages portait que toute hostilité devait cesser et que les habitants étaient tenus de rapporter leurs armes de guerre à leurs mairies respectives. Le maréchal des logis Grandchamp était d'avis de ne pas tenir compte des proclamations et des arrêtés. Il voulait absolument fusiller les *chiens* et les *loups* pris au piége. Mais le capitaine Ernest jugeait autrement la question. Il fit valoir de belles et bonnes raisons qui eurent l'approbation générale, toutefois au grand regret de ce vieux coquin de Grandchamp, qui avait une démangeaison invincible de fusiller et de sabrer.

On fit un plan comme s'il s'agissait d'ouvrages stratégiques pour la défense d'une place ; et dès le jour même les travaux commencèrent sous la direction de Bernard Houdin, qui rendait compte au capitaine des opérations des travailleurs. On eut bientôt creusé huit ou dix énormes fossés larges et profonds, appelés *sauts-de-loup*. Ils furent recouverts de ramée, de feuilles sèches et de gazon, de manière à tromper l'œil : on eût dit du terrain ferme. L'opération faite, on attendit la nuit, qui devait être éclairée par un beau clair de lune.

C'était une de ces nuits très-favorables à la maraude. Il y avait gros à parier que des Cosaques se mettraient en campagne pour enlever du bétail. Aussi laissa-t-on aux environs de la ferme, sous les murs, quelques moutons bêlants et de pauvres dindons qui s'égosillaient à glousser. Chacun se tint aux aguets.

Vers les onze heures du soir, les maraudeurs se montrèrent en effet. Ils erraient à cheval, isolément, au nombre de quinze ou vingt, montés sur leurs petits chevaux tartares et armés de leurs lances démesurément longues.

— J'en vois deux, dit Jean Corbin, qui ont une furieuse envie de manger du dindon. Ils arrivent comme des renards à la pipée.

Le drôle avait raison. Les dindons, gloussant toujours, attiraient les renards barbus. Quand ils furent à portée, ils baissèrent la pique pour embrocher les pauvres volailles et vinrent droit sur un *saut-de-loup*. Le terrain factice céda, et chevaux et cavaliers furent engloutis, mais avec un bruit sourd qui n'éveilla pas l'attention de leurs camarades errants à distance.

— Bon ! dit Corbin. Et de deux ! Ils doivent joliment barboter les vilains, car j'ai eu soin d'amener de l'eau dans le trou.

Du côté opposé se trouvaient trois moutons auxquels, par une atroce perfidie, on avait attaché les clochettes. Trois ou quatre Pandours, attirés à l'appeau, s'approchèrent avec précaution, se divisant pour entourer le bétail et l'enlever. La lance servait encore à prendre des moutons ; seulement on ne les embrochait pas comme des poules ou des dindons ; on les piquait à la gorge, et, une fois couchés sur le sol, le cavalier descendait de cheval, passait une corde au cou de la *pécore*, et, remontant à cheval, il la traînait après lui au galop. Tartares et Kabyles se ressemblent sur ce point.

Nos quatre Pandours manœuvrèrent en habiles stratégistes ; ils cernèrent d'assez loin les moutons, resserrant le cercle avec précaution. Mais là se trouvaient précisément d'affreuses et énormes trappes. Tout à coup on vit un cavalier faire le plongeon. Surpris de le voir disparaître tout à coup sous terre, les Cosaques, ses compagnons, s'arrêtèrent. Par un vertige inexplicable, au lieu de tourner bride et de s'enfuir, ils donnèrent de côté, et chacun d'eux alla tomber dans une trappe. Oh! ce fut merveilleux! ils disparurent l'un après l'autre comme par enchantement.

— Supprimés! s'écria Grandchamp, qui les guettait d'une lucarne.

Cependant on entendit des cris lugubres partant de dessous terre. Les maraudeurs se groupèrent et on les vit s'avancer lentement, fort effrayés très-probablement. Arrivés près de la trappe qui hurlait, la terreur les saisit aux flancs, et, mieux avisés que leurs compagnons, ils tournèrent bride et partirent comme des cerfs à travers champs. On les perdit de vue dans les vapeurs de la nuit.

— C'est fini! dit Grandchamp. Mais, par Dieu! la chasse est bonne. Nous en tenons une demi-douzaine.

Et on courut alors à la chambre du capitaine Ernest pour lui donner des nouvelles du trébu-cnet qui avait si merveilleusement réussi et pour prendre ses ordres.

Le capitaine se mit à rire aux éclats au récit de mademoiselle Jacqueline, qui ne se possédait pas de joie.

— Là, là, mademoiselle, s'écria-t-il, modérez-vous. Est-ce que vous espérez que votre superbe Gogoloff est pris au piége?

— Ah! méchant que vous êtes, ajouta Jacqueline avec une ravissante petite moue.

— Or çà, capitaine, dit Grandchamp, que diable allons-nous faire de ce gibier?

— Voici, répondit M. Ernest devenu sérieux. Vous allez prendre vos armes d'abord. Puis vous vous approcherez des *sauts-de-loup*, où gisent ces malheureux, et vous leur tendrez des cordes pour les retirer de là. Vous les désarmerez, vous les amènerez dans les caves, où vous leur donnerez de la paille et des couvertures, et vous les enfermerez sous clef. Quant aux blessés, vous les retirerez avec précaution et vous les porterez aux greniers à foin. Quant aux morts, s'il y en en a, on les couvrira de terre. La fosse est toute faite. Tâchez de retirer les chevaux, s'ils ne sont pas estropiés. C'est de bonne prise. Ces petits chevaux-là sont excellents. Avec un peu de soin et une bonne nourriture, nous en ferons d'admirables coureurs pour la chasse au renard.

Grandchamp reçut docilement les ordres de son capitaine et promit de s'y conformer Il eût bien mieux aimé simplifier la question par quelques cartouches. Mais, avant tout, il était loyal soldat et savait obéir à la consigne. Bernard Houdin et lui assemblèrent leurs gens; on se mu-

nit de cordes et d'échelles, sans oublier les carabines en cas d'alerte.

Sur six Cosaques tombés aux piéges, deux
étaient blessés. On les retira avec assez de peine,
et on les porta à *l'ambulance*. Les quatre autres
grimpèrent aux échelles d'eux-mêmes et sortirent
des trappes sans se faire prier; ils étaient comme
hébétés de se voir ainsi pris au trébuchet. On
les désarma et on les incarcéra dans les caves
avec tous les soins et tous les égards dus à leur
rang et à leur infortune.

Trois chevaux furent trouvés morts. Les trois
autres, retirés sains et saufs, furent amenés aux
écuries, où ils se mirent à manger de l'avoine
de France avec un enthousiasme difficile à décrire.

Les premières clartés du matin commençaient
à poindre. La chasse de la nuit avait réussi au
delà de toute espérance, et la joie était générale.
On fête cette belle expédition par un déjeuner
splendide et qui commença par une succulente
soupe au fromage. Le capitaine voulut en prendre
sa part, et on lui monta une portion d'honneur.

Il faut ajouter, à la louange de ces bons habitants de la ferme, que les prisonniers ne furent
pas oubliés. Ils eurent du vin et des vivres. C'est
ainsi que de nobles enfants du peuple français se
vengeaient de 1812 et de la retraite de Moscou.

VIII

DIX MOIS APRÈS, OU LA DERNIÈRE CHASSE AU COSAQUE.

Les événements s'étaient succédé avec rapidité. L'empereur Napoléon avait reçu l'île d'Elbe en souveraineté avec cinq millions de liste civile.

La Restauration avait rendu à Louis XVIII le trône de Louis XIV avec tous les honneurs et tous les splendides privilèges de la couronne.

Mais le roi légitime avait cru devoir octroyer une *Charte* au peuple français, comprenant les besoins de l'époque, les mœurs et les idées que la Révolution avait fait naître.

Cette Charte était considérée comme le *palladium* des libertés nationales.

Très-bien! oh! très-bien. Heureux peuple! heureux roi! heureuse Charte!

Revenons à notre sujet.

Dans les premiers jours de mars 1814, l'hôtel de madame la marquise de Vaudancourt était depuis dix mois le rendez-vous des royalistes, que nous appellerons les gens de la *petite église* politique. Ces honnêtes gens, fort sincères, mais passablement aveuglés selon nous, étaient une réunion choisie d'anciens officiers de *l'armée des princes*, d'anciens nobles non émigrés ou rentrés en France à l'époque de 1803, mais restés obstinément opposés à l'Empire, d'anciennes grandes dames frondeuses, sous le règne de Napoléon 1ᵉʳ, enfin un composé de tout ce qui était fort ancien au moral comme au physique.

Mademoiselle Hélène de Livry avait vécu avec calme et dignité au milieu de cette atmosphère dans le noble logis de sa tante, où certainement elle n'avait eu ni trop de sympathies, ni trop de distractions. La charmante fille avait pris son parti en brave. C'est qu'elle avait conservé au fond du cœur un beau rêve frais et jeune comme ses années. Elle n'avait cessé d'aimer son brave cousin, et elle avait pris avec elle-même l'engagement formel de ne pas désespérer de l'épouser, puisque M. Ernest de Chabriant continuait à lui être fidèle.

Le capitaine avait passé trois mois dans une maison de santé depuis le retour des Bourbons, et trois autres mois aux eaux de Vichy, pour complément de traitement. Il avait enfin repris l'usage de son bras gauche, et depuis environ trois mois il était de retour à Paris. Mais le jeune officier était d'un entêtement déplorable aux yeux de madame sa tante et aux yeux de tous les amis et amies de la noble dame. Il persévérait à admirer, que dis-je? à aimer comme un fou, qui?

l'empereur Napoléon, l'empereur de l'*île d'Elbe!*

Le capitaine ne faisait donc que de rares apparitions dans le salon de sa tante, où il s'était querellé avec des têtes poudrées et des beautés surannées. Hélène, elle-même, avait demandé à son cousin de s'abstenir de venir souvent à l'hôtel de Vaudancourt, en lui promettant de ne l'aimer que davantage. Une charmante petite correspondance s'était établie entre eux en dépit de la *police* du salon de la tante.

Or nous ne devons pas oublier qu'au nombre des prétendants à la main de mademoiselle de Livry se trouvait M. le vicomte de la Pigeonnière-Gloussac, que dix mois de rebuffades de la part d'Hélène n'avaient pas encore découragé. Le vieux vicomte était riche; Hélène n'avait qu'une dot fort mince.

Mais voici que depuis quelque temps M. de la Pigeonnière-Gloussac était tombé dans de terribles perplexités. Le bonhomme, un beau jour, avait découvert qu'il avait un rival. Certes, la découverte était exorbitante. Et, ce qui surprenait le vicomte au dernier point, c'est que ce rival n'était pas du tout le capitaine Ernest de Chabriant. Celui-là, du moins, il le connaissait de longue main, il s'était habitué à lui faire échec, et il s'était, pensait-il, arrangé de manière à triompher de lui tôt ou tard.

Non, ce n'était pas le capitaine, et madame de Vaudancourt avait accepté, au nombre des prétendants à la main de sa nièce, un autre officier, un officier supérieur, jeune, riche, et titré.

Ah ! ce pauvre M. le vicomte de la Pigeonnière-Gloussac avait diablement de chagrin ; mais aussi il se préparait à une lutte énergique.

Pour régner il faut diviser. Cette maxime était celle de Charles-Quint et du cardinal de Richelieu ; elle devint aussi celle de M. de la Pigeonnière-Gloussac.

Un jour, c'était le 5 mars, madame la marquise de Vaudancourt donnait ce qu'on appelait alors une *matinée*. Un déjeuner splendide réunissait douze ou quinze convives, et cinquante personnes devaient venir dans l'après-midi assister à un délicieux *concert de jour*.

A midi, on annonça les invités au déjeuner : de ce nombre était encore M. de la Pigeonnière. Mais ne voilà-t-il pas que les gens annoncèrent aussi M. le capitaine Ernest de Chabriant. La marquise, fort étonnée, fut cependant de bonne compagnie. Elle n'avait pas invité son neveu, mais, comme le neveu s'était passablement conduit depuis quinze jours, il fut accepté, et on lui tendit la main. Hélène était fort heureuse. M. de la Pigeonnière, de son côté, fut fort aise de la survenue du capitaine. Il avait à lui parler en particulier, et l'occasion était des plus favorables.

Le vicomte ne perdit certes pas son temps, et, avant que tous les convives fussent arrivés, il prit à part M. de Chabriant, l'amena dans une embrasure de fenêtre, et là, après deux ou trois phrases de politesse, comme précaution oratoire, il lui donna avis que lui, capitaine Ernest, lui neveu de la marquise, avait un rival très-fort dans les bonnes grâces de madame de Vaudancourt.

— Parbleu! répondit en riant le capitaine, je le connais bien ce rival; c'est vous, monsieur le vicomte.

— Mon jeune ami, ajouta le diplomate la Pigeonnière, ne raillez pas. Oui, je suis sur les rangs ; mais un nouveau venu y est aussi, et celui-là est un prétendant très-sérieux.

— Qu'est-ce que cela me fait? ajouta le capitaine.

— Comment! qu'est-ce que cela vous fait, mon jeune ami? Vous n'aimez donc plus votre cousine?

— Mais si, deux fois plus qu'hier.

— Eh bien, mon jeune ami, si on vous préfère quelqu'un?

— Bah !

— Bah?... Vous avez un rival, et vous dites bah! comme vous diriez bien obligé, monsieur?

— Et que voulez-vous que je dise?

— J'aurais cru, monsieur le capitaine, ajouta sérieusement le vicomte, qu'en apprenant la nouvelle que je vous donne, vous auriez dit : Je vais couper la gorge à cet audacieux.

— Diable ! comme vous y allez. Mais, voyons un peu, monsieur le vicomte, il me semble que la chose vous regarde aussi, puisque vous aspirez à la main de ma cousine. Dites donc, si vous vouliez vous donner la peine d'aller couper la gorge à ce rival audacieux... Hein?

— Mon jeune ami, reprit le vicomte, c'est bien mon intention ; mais vous avez le pas sur moi, puisque vous êtes, depuis plus longtemps que moi, épris de votre belle cousine.

— Ta, ta, ta, ta, monsieur le vicomte, dit le capitaine, pas tant de façons ; je vous cède le pas comme à mon ancien, et je vous préviens que si ce rival se présente ici aujourd'hui, chez ma tante, j'irai droit à lui pour lui déclarer net que vous êtes décidé à vous battre avec lui, là.

— Monsieur, dit le vicomte, finissons cette mauvaise plaisanterie. Je vous ai donné un bon avis, faites-en votre profit.

— Merci, monsieur, reprit Ernest ; j'ai une faim du diable, et je vais déjeuner comme quatre.

M. de la Pigeonnière-Gloussac, un peu désappointé, tourna sur ses talons et quitta le capitaine, mais en se disant à lui-même : « C'est égal, il est averti et pincé ; il surveillera le nouveau venu. »

Tous les convives étaient réunis, lorsqu'un laquais annonça :

— Monsieur l'hetman prince Gogoloff.

La marquise de Vaudancourt se leva pour recevoir le noble étranger, qui lui avait été présenté depuis peu, et qu'elle avait invité. Celui-ci, en bel uniforme russe, salua la marquise avec toute la grâce tartare qu'il put trouver à son service. Il s'assit auprès de la maitresse de la maison ; elle était pleine de prévenances pour lui.

— Le voilà, dit tout bas M. de la Pigeonnière à Ernest.

— Ah ! pardieu, reprit celui-ci, la rencontre est incroyable ! C'est là votre rival et le mien, vicomte ?

— Mais oui ; celui qui prétend à la main de votre cousine.

— Mais je le connais beaucoup, dit le capitaine.

— Et où diable l'avez-vous vu ?

— Où ? je vous dirai cela, vicomte. Tenez, j'ai une faim du diable, et je crois que j'avalerais un Cosaque.

— Madame la marquise est servie, annonça à haute voix un maitre d'hôtel en habit noir.

Tout le monde se leva pour passer dans la salle à manger. Comme on s'y attendait, le prince Gogoloff offrit la main, ou plutôt le bras, à madame la marquise ; mais, en passant devant le capitaine Ernest, la bonne tante s'arrêta un moment, et, s'adressant à son cavalier :

— Prince, dit-elle, permettez que je vous présente mon neveu, le comte Ernest de Chabriant, capitaine...

— Capitaine aux chasseurs de la garde impériale, ajouta sur-le-champ Ernest, en regardant en face Gogoloff.

— L'effronté ! dit la marquise en passant dans la salle à manger.

Cependant Ernest avait offert le bras à Hélène, sa cousine, et il lui avait dit rapidement :

— Ce Gogoloff, qui prétend à votre main, je le connais beaucoup ; c'est le héros de la mare, vous savez ; l'histoire que je vous ai racontée, et qui vous a tant fait rire ; c'est l'amoureux de Jacqueline...

— En vérité ! dit la belle cousine ; oh ! que c'est joli !

On prit place à table, autour d'un excellent déjeuner. La marquise avait fait placer le *prince* entre elle et sa nièce, mademoiselle de Livry : c'était prévu. Quant à Ernest, il se trouvait juste en face de l'hetman, qui ne cessait de le regarder avec des souvenirs confus. M. de la Pigeonnière-Gloussac, placé un peu plus loin, avalait de tro-

vers et se perdait dans d'inconcevables conjectures.

— Où diantre se sont-ils connus? se deman-
dait-il souvent à part lui.

La conversation, d'abord générale, ne tarda
point à toucher des points délicats. Comme le
prince était le héros de la fête, on ne cessait de
lui adresser des questions de la guerre, sur son
pays, son empereur, ses prouesses à lui, sa gloire
et ses Cosaques. L'hetman répondait de son
mieux, dans un français bizarre, en regardant
toujours d'un œil le fantastique capitaine. Celui-ci
ne disait mot, riant sous cape et attendant l'occasion.

Elle se présenta.

Dans un moment d'effusion, la marquise se mit
à dire à son noble voisin :

— Je suis bien sûre, cher prince, que vous aimez la France, aujourd'hui qu'elle a son roi?

— Oh ! moi, beaucoup, répondit le Tartare en
regardant mademoiselle Hélène.

— Comme il est spirituel ! ajouta la marquise
en s'adressant à son voisin de gauche, un ancien
président à mortier. Je suis bien sûre encore, reprit la marquise, que vous auriez évité bien des
malheurs, cher prince, si les terribles conséquen-
ces de la guerre vous l'avaient permis.

— Oh ! moi, madame la marquise, reprit le

prince, je suis ami de la paix, et, si j'ai fait la
guerre, c'était...

— Par amour de la paix, ajouta Ernest, qui n'a-
vait pas encore parlé.

— Le prince est colonel des Cosaques? demanda ce traître de vicomte de la Pigeonnière-
Gloussac.

— Oui, vicomte, reprit la marquise ; le prince
est colonel, ou hetman, c'est la même chose. Le
prince s'est toujours conduit en preux chevalier.

— Surtout près des étangs, ajouta Ernest en
avalant là-dessus un grand verre de vin.

— Qu'est-ce à dire, mon neveu ? reprit la marquise.

— Oh ! rien ma tante. C'est une anecdote qui
me revient.

— Est-ce qu'elle a quelque rapport avec le
prince? demanda cet abominable la Pigeonnière,
qui guettait toujours l'occasion.

— Ma foi, je n'en sais rien, dit Ernest; mais le
prince vous le dira peut-être.

— Prince, dit la marquise, vous avez remporté
quelque victoire dans un étang ?

— Oh ! moi, madame la marquise, j'ai toujours
préféré la terre ferme.

— Comme il a de l'esprit ! ajouta celle-ci en se
penchant pour voir Hélène.

— Mais enfin, reprit le vicomte de la Pigeonnière, cette charmante anecdote à propos d'un étang, ne peut-on la connaître? Si madame la marquise voulait avoir la bonté d'engager son neveu...

— Ernest, dit madame de Vaudancourt, racontez l'anecdote de l'étang, cela nous amusera.

— Quoi! ma tante, vous le voulez?

— A moins qu'elle ne soit pas de bonne compagnie, dit la marquise.

— Soyez sûre, ma tante, dit Ernest, que je suis homme à le dire de manière à ne blesser ni les convenances...

— C'est bien, Ernest, allez.

Gogoloff avait de vagues appréhensions : il ne mangeait plus, et il regardait dans le fond de son verre.

Ernest commença son récit par ces mots :

— C'était sur la lisière d'un bois, près d'Épernay, et très-près de la ferme de Vaudancourt, appartenant précisément à ma tante.

— Ah! cela m'intéresse beaucoup, dit la marquise; allez, Ernest.

— Il y avait là non pas un étang, mais une grande mare d'eau saumâtre, bourbeuse...

— Oui, je la connais, dit la marquise.

— Un soir, au clair de la lune, un beau colonel se promenait au bord de la mare, bras dessus, bras dessous avec une fort jolie paysanne.

— Ernest, dit la marquise, pouvez-vous continuer sans danger ?

— Sans danger, ma tante. Le colonel, portant un fort bel uniforme de cavalerie, était tendre comme un Amadis ; mais la petite paysanne était farouche comme une abeille. Or, dans un moment de lyrisme, le colonel ouvrit de grands bras, et la jolie paysanne, leste et vigoureuse, allongea un si furieux coup de poing à son héros trop galant, que celui-ci, toujours en grande tenue, alla plonger dans la mare, la tête en bas, les bottes en l'air...

— Ah ! mon Dieu ! quelle histoire ! exclama la marquise.

— Attendez, ma tante. La paysanne de fuir et de regagner le logis de son père, et le colonel de barboter de son mieux avec les grenouilles de la mare. Enfin, il se redresse sur ses pieds, il pousse des cris affreux ; ses soldats au bivac accourent. Monsieur le colonel, de la tête aux pieds, ressemblait à un grand marsouin qui s'est roulé dans la vase.

— Eh bien ! dit la marquise, puisqu'il ne s'est pas noyé, je dis qu'il méritait ce châtiment. Ce colonel était un grossier personnage, un soldat mal élevé. Du reste, je ne dis pas cela pour vous, Ernest ; tous ces officiers de Bonaparte ne valaient rien du tout.

— Bien, ma tante, reprit Ernest, il n'y a ici qu'une petite erreur, c'est que le colonel en question appartienait aux armées coalisées.

— Ce n'est pas possible, dit la marquise. Dans tous les cas, je suis bien certaine que cet officier n'était pas au service de Sa Majesté l'Empereur Alexandre ; n'est-ce pas, cher prince?

— Oh! moi, madame la marquise, reprit effrontément Gogoloff, qui s'était donné du cœur en buvant rasade, moi, je suis absolument du même avis ; je dirai même que je suis de la même opinion.

— Mon Dieu! qu'il a de l'esprit! répéta la bonne dame.

— Et moi, dit à son tour Ernest, je ne sais pourquoi je m'obstine à penser que ce beau colonel barbotant, en grande tenue, était Russe du talon à la pointe de son aigrette.

— Jamais! dit la marquise.

— Oh! moi, je dis aussi : Jamais! répéta le prince.

— Qu'il a donc de l'esprit! ajouta la noble dame.

— C'est bien, ajouta Ernest. Quelqu'un peut-être prouvera aujourd'hui que je ne me trompe pas.

En ce moment un domestique entra et remit une lettre à la marquise. La lettre était pressée. Madame de Vaudancourt la lut, avec la permission de la compagnie, puis elle dit à son laquais :

— A merveille. Vous direz à Jacqueline et à

Marguerite de venir me parler après déjeuner.

Puis, s'adressant à ses convives :

— Ce sont deux charmantes enfants, fille et nièce de mon fermier. Elles arrivent à Paris pour me voir. L'une d'elles, Marguerite, veut me présenter son fiancé. Que voulez-vous ? il faut que je bénisse aussi ce mariage.

— Ah! ce sera charmant, dirent tous les convives.

Quand toute la compagnie, après le déjeuner, fut réunie au salon pour prendre le café, l'hetman Gogoloff voulut absolument éclaircir ses doutes au sujet du capitaine Ernest. Une tasse de café à la main, il s'approcha courtoisement de l'officier français, qui lui-même tenait à la main un bon verre de rhum.

— Capitaine, lui dit-il, voulez-vous m'accorder un moment d'entretien particulier?

— Comment donc, prince! répondit Ernest, mais j'en serais charmé.

L'un et l'autre se dirigèrent vers l'embrasure d'une fenêtre. Là, Gogoloff, avalant deux gorgées de café brûlant, reprit ainsi la conversation.

—Vous nous avez raconté une bien drôle d'histoire, capitaine. Oh ! moi, je la trouve délicieuse, parole de Russe. Mais voudriez-vous me dire de qui vous le tenez ?

— De qui je la tiens, répondit Ernest en buvant du rhum à petits coups, mais de la dame Dulcinée du colonel jetée dans la mare,

— Ah ! ah ! reprit en riant jaune Gogoloff, vous connaissez la petite ?

— Je connais même son amoureux, dit Ernest.

— Alors vous êtes plus avancé que moi, capitaine.

— Vraiment ? Eh bien, prince, voulez-vous que je vous fasse faire connaissance avec l'Amadis cosaque dont il est question ?

— Comment feriez-vous ? dit Gogoloff. Je suis le seul officier supérieur du corps des Cosaques Zaporogues et du Don qui soit resté à Paris. Tous mes camarades ont quitté la France depuis quatre ou cinq mois.

— Voulez-vous décidément que je vous présente l'hetman en question ? répéta Ernest.

— Oh ! bien volontiers, dit le Russe.

— Venez, répliqua le capitaine.

Alors, suivi de Gogoloff, il alla se placer devant une glace. Là, s'adressant à l'hetman en lui montrant le miroir :

— Prince, lui dit-il, permettez que je vous présente l'officier russe que mademoiselle Jacqueline envoya si agréablement barboter avec les grenouilles de la pièce d'eau.

— Monsieur le capitaine, reprit l'hetman avec

une colère concentrée, vous m'insultez, et je veux une réparation.

—Vous l'aurez, charmant amour de Zaporogue, dit en riant Ernest, quand vous voudrez. Le plus tôt ne sera que mieux, ajouta-t-il, quand ce ne serait que pour délivrer ma cousine d'un prétendant dont elle ne veut pas du tout.

— Bon ! dit quelqu'un passant derrière eux et se frottant les mains. Très-bien ! les voilà au point où je voulais les placer.

C'était cet affreux vicomte de la Pigeonnière-Gloussac qui se parlait ainsi à lui-même. Puis il s'approcha d'Ernest, et lui prenant la main.

— Capitaine, dit-il, je *suis content de vous,* comme disait votre empereur.

— Ma foi, monsieur le vicomte, reprit Ernest, vous aviez raison. Il faut que je coupe les oreilles à ce rival qui vient tout exprès des bords du Dnieper ou du Don pour nous voler nos dames, après nous avoir volé nos poules et nos canards.

La porte s'ouvrit en ce moment, et un domestique annonça la fille et la nièce du fermier de madame la marquise.

— Ah! ces chères enfants! s'écria madame de Vaudancourt, venez, venez, petites. Messieurs, ajouta-elle en s'adressant aux invités, je vous les présente. Sont-elles jolies, sont-elles à croquer. Viens m'embrasser, Marguerite. Tu te maries, et je te donnerai un cadeau. Viens m'embrasser, Jacqueline ; tu m'apportes de l'argent de la part de ton père : tu auras aussi un cadeau, petite mignonne. Mais quand j'y pense, reprit-elle, Hélène, Hélène, présentez mes jolies fermières au prince Gogoloff. Il verra qu'en France, nous avons des demoiselles de campagne aussi élégantes qu'en Russie.

Hélène, enchantée de l'aventure, ne se le fit pas dire deux fois. Elle prit Jacqueline et Marguerite, chacune par la main, et s'approchant de l'hetman:

— Prince, dit-elle, permettez à ces demoiselles de vous offrir leurs hommages.

Gogoloff s'inclinait. Il avait parfaitement reconnu Jacqueline ; il eût voulu se sauver à toutes jambes il eût volontiers sauté par la fenêtre. Tout à coup Jacqueline, envisageant l'officier russe, se mit à dire d'une voix claire et perçante :

— Comment, madame la marquise, vous connaissez, monsieur? Comment, c'est lui qui est ici ? ah ! par exemple !.....

—Qui, lui, demanda la marquise en s'approchant vivement.

Tout le monde fit cercle autour de se groupe : c'était une scène fort comique. Ernest étouffait des éclats de rire, et Hélène aussi. Le vicomte de la Pigeonnière ouvrit de grands yeux, et chacun l'imitait.

— Qui donc lui, répétait la marquise.

— Mais *lui*, reprit Jacqueline. Monsieur Ernest a bien dû vous raconter la chose , madame la marquise.

— Quelle chose, Jacqueline ?....

— Eh ! mon Dieu, la chose ! les Cosaques qui rôdaient autour de votre ferme, pour tout tuer, tout piller, tout brûler ; et l'officier russe qui me fit enlever.... qui voulut me..... qui s'y prit si drôlement, et que j'envoyai si drôlement aussi prendre un bain froid dans la mare de Vaudancourt, là !

— Que dites-vous donc !, Jacqueline ? exclama la marquise, êtes-vous donc devenue folle ?

— Folle? oh que nenni, madame la marquise ; pas si folle. Demandez-le lui, à ce beau monsieur, tout brodé aujourd'hui et si bien barbouilllé en sortant des joncs....

— Prince, dit la marquise, qu'est-ce que cela signifie ?

— Oh! moi, madame, répondit Gogoloff, je n'y comprends rien du tout.

— Vous voyez bien, Jacqueline, que vous êtes une sotte, reprit la noble dame.

— Oui, elle ne sait ce qu'elle dit, ajouta un personnage noir qui n'avait pas encore parlé.

C'était l'intendant , M. de Walbruk.

— Pardon, ma tante, dit le capitaine, en s'approchant, il est temps de dénouer cette comédie. J'ai l'honneur de connaître parfaitement le prince Gogoloff, pour lui avoir donné la chasse à courre sur vos terres mêmes à Vaudancourt. Jacqueline a dit toute la vérité ; l'amoureux et trop sensible hetman des Cosaques Zaporogues, que voici, est bien le même Céladon qui se promenait sentimentalement au bord de l'eau, par un charmant clair de lune, avec la fille de Bernard Houdin ; c'est bien le même Amadis qui, dans un moment de transport passionné, enserrait la jolie taille de Jacqueline, et qui reçut dans le nez un si furieux coup de poing, qu'il alla faire un plongeon dans la mare aux canards. Tout cela est parfaitement vrai, et si le prince a de la peine à rappeler ses souvenirs, je suis sûr que Jacqueline lui rendra la mémoire en lui montrant une bague aux armes de Gogoloff, que *monsieur* lui passa au doigt pendant la promenade.

— La voici, dit Jacqueline, en tirant de sa poche une petite boîte d'où elle sortit une *chevalière armoriée*.

La marquise lança un regard furieux au cher prince.

— Ah ! fi ! dit-elle.

Et elle alla s'engloutir dans son grand fauteuil près de la cheminée. Ernest et Hélène conseillèrent aux petites fermières de se retirer et d'aller déjeuner

à l'office. Chacun chuchotait, et M. de la Pigeonnière se livrait à un monologue satirique. Quant
au prince, on le chercha dans le salon et ailleurs...
il avait disparu.

CONCLUSION.

Le lendemain de ce jour, 6 mars 1815, dans la
matinée, le capitaine Ernest de Chabriant se dirigeait, par le boulevard, vers le café Tortoni,
où son adversaire lui avait donné rendez-vous.
Le temps était superbe, et la foule circulait avec
animation sur ce boulevard des Italiens qui, quelques mois plus tard, devait s'appeler le boulevard
de Gand. On sait pourquoi.

Tortoni était alors un café tout militaire : les
plus brillants officiers de la maison du roi et de
la garde royale s'y réunissaient. C'est dire assez
que les vaillants officiers de l'ex-garde s'y ren-
daient aussi, et que souvent ils y troublaient les
loisirs des vainqueurs. Avant le départ des *alliés*
de Paris, un grand nombre de militaires étran-
gers, et de tous grades, avaient adopté aussi
Tortoni comme lieu de réunion. Il est inutile
d'ajouter que l'élégant café avait été le terrain
brûlant sur lequel s'étaient allumées bien des

querelles : en sortant de là, on allait se battre, et se battre très-sérieusement.

Le capitaine était vêtu ce jour-là d'une redingote verte, et il portait un petit bouquet de violettes à sa boutonnière, posé à côté de son ruban rouge de la Légion d'honneur; il tenait à la main une forte cravache, et ses talons étaient armés de beaux éperons d'argent.

— Dites donc, garçon ! demanda le capitaine, un Cosaque n'est-il pas venu me demander ?

La question ne parut pas plaire beaucoup à certains visages.

— Il n'y a pas de Cosaques ici, répondit une voix.

— C'est possible, ajouta Ernest. Dans tous les cas, messieurs, il en viendra un tout à l'heure ; à moins que le *cher ami* n'ait peur de m'y rencontrer.

A peine achevait-il cette phrase, qui sentait un peu le *grognard*, qu'on vit apparaître un personnage portant un costume semi-militaire : il était vêtu d'une de ces tuniques brodées de cordonnets sur toutes les coutures et barrées de brandebourgs, qu'on appelait alors une *polonaise*. Il avait aussi une cravache à la main et de longs éperons à ses talons.

— Bien ! dit le capitaine Ernest. Vous voyez messieurs, ajouta-t-il, que j'attendais bien un vrai Cosaque.

— Monsieur, répondit le nouveau venu, je suis hetman du 2ᵉ régiment de Cosaques Zaporogues de Sa Majesté l'empereur de Russie.

— Eh bien, reprit Ernest, vous êtes Cosaque pur sang par conséquent.

— Quel mal y a-t-il à cela ?

— Aucun, prince Gogoloff, reprit Ernest, il faut bien être d'un pays quelconque. Mais il ne s'agit pas de cela ; vous savez pourquoi nous nous sommes donné rendez-vous ?

— Capitaine, dit Gogoloff, je suis l'offensé.

— Et vous avez le choix des armes, dit celui-ci. Seulement ne choisissez pas la lance de votre régiment : je ne me bats pas à la broche.

— Le prince choisit l'épée, dit avec arrogance un gros officier prussien qui se trouvait là, et je suis son témoin.

— Bravo ! reprit Ernest, c'est une arme française.

— Je suis le second témoin du prince, ajouta un grand diable d'Autrichien qui buvait dans un coin.

— A merveille ! dit Ernest. Or çà, il faut que j'aie aussi mes témoins, et, en venant à Tortoni, j'étais sûr d'y rencontrer deux officiers qui me feraient l'honneur d'accepter cette corvée.

— Vous ne vous êtes pas trompé, capitaine de Chabriant, dirent aussitôt deux militaires appartenant, l'un aux gardes du corps, l'autre à la garde royale.

— Merci, messieurs, reprit Ernest ; nous pouvons bien ne pas avoir la même opinion politique, mais sur une question d'honneur tous les cœurs s'entendent fort bien en France, n'est-ce pas?

On se serra la main, et, dix minutes après, on partait pour le bois de Boulogne.

Mais voilà qu'au moment de prendre deux fiacres sur les boulevards, des crieurs publics passèrent en annonçant à tue-tête une feuille qui *venait de paraître* et qui donnait les détails les plus authentiques sur le débarquement de Bonaparte en Provence.

Le capitaine bondit de joie.

— C'est donc vrai ! dit-il.

L'hetman Gogoloff, en entendant cette annonce publique, restait comme cloué au sol, les yeux fixes et la bouche ouverte.

— Eh bien, quoi? dirent les témoins d'Ernest, qu'est-ce que ce débarquement fait à votre affaire d'aujourd'hui ?

— Rien, dit Gogoloff, mais si je suis tué, il me sera impossible de me remettre à la tête de mes Cosaques pour combattre Bonaparte.

— Ce sera difficile, ajouta Ernest, à moins de vous faire empailler.

Des éclats de rire accueillirent ce propos et

allumèrent la colère de Gogoloff, qui se jeta dans un fiacre avec ses témoins.

Au bois de Boulogne, l'affaire se passa convenablement et très-simplement, comme cela a lieu entre militaires. Au bout de trois ou quatre passes, l'hetman eut le bras droit percé de part en part.

— Oh ! voilà un furieux coup d'épée ! dirent les témoins. C'est bien, messieurs.

On pansa le bras du blessé. Le capitaine Ernest remercia ses témoins et revint avec eux à Paris.

Gogoloff eut la fièvre pendant huit jours; mais la blessure était belle et promettait une prompte guérison. Le 15 mars, on annonça dans Paris l'entrée de Bonaparte à Lyon. Gogoloff n'y tint plus ; il demanda une chaise de poste ; mais les chevaux commençaient à manquer. Bien des gens effarés, éperdus à l'approche de *Bonaparte*, quittaient Paris. Le prince, le bras en écharpe, alla lui-même à la poste aux chevaux. La première personne qu'il rencontra dans la cour de l'administration fut le capitaine Ernest, qui, lui aussi, demandait des chevaux, ou tout au moins un *bidet* pour courir à franc étrier.

— Comment diable, lui demanda l'hetman, vous aussi, vous quittez Paris ?...

— Parbleu ! dit le capitaine, ne savez-vous pas que *Bonaparte* arrive à grandes journées. Tenez,

prince, faites comme moi : il n'y a pas moyen d'avoir deux chevaux, contentez-vous d'un cheval, vous montez supérieurement et votre bras va à merveille. Nous irons ensemble, de relais en relais.

— Jusqu'où irons-nous ?

— Jusqu'où nous pourrons, reprit Ernest. Dites à votre domestique de confiance d'emballer vos effets et désignez-lui une ville où il vous rejoindra.

— C'est une idée, dit Gogoloff horriblement pressé de partir, car de moment en moment on annonçait l'approche de Bonaparte. C'est une bonne idée.

L'hetman se crut au mieux avec son adversaire. Rien ne réconcilie comme un bon coup d'épée. On prit deux excellents et forts bidets de poste, et on monta à cheval. Le prince donna à son domestique les instructions les plus énergiques pour venir le rejoindre à une ville frontière qu'il lui désigna. Quant au capitaine Ernest, il n'avait pour tout bagage qu'un portemanteau.

Voilà nos deux braves à cheval et trottant, dans les rues de Paris, dans la direction de la barrière de Charenton. Quand ils furent arrivés à ce bourg célèbre, on changea de chevaux et on se remit en selle. Mais une réflexion assez judicieuse vint tout à coup se présenter à l'esprit de Gogoloff. Il était temps.

— Capitaine, dit-il en trottant côte à côte avec lui, avant de sortir de la grande rue de Charenton, faites-moi la grace de me dire où nous allons ?

— De quoi diable vous occupez-vous, répondit Ernest qui étouffait un grand éclat de rire. Est-ce que tout chemin ne mène pas à Rome ?

— Tout chemin mène à Rome, c'est possible : mais tout chemin mène-t-il en Russie !

— Eh oui ! certainement. Venez, donc, prince est-ce que vous avez peur des voleurs ?

— Non, mais je voudrais bien savoir si mon chemin...

— Votre chemin, votre chemin. Ne sommes-nous pas convenus de courir la poste ensemble ?

Comme ils sortaient de Charenton, ils rencontrèrent un groupe de paysans qui cheminaient sur la route.

— Ah ! ah ! dit un vigneron, voilà deux braves officiers qui vont à franc étrier au-devant de l'Empereur. Vive Napoléon !

— Vive l'Empereur ! répondit Ernest.

Gogoloff comprit qu'il était mystifié. Il arrêta tout court son cheval.

— Eh bien, que faites-vous ? dit Ernest.

— Monsieur le capitaine !... s'écria l'hetman sans pouvoir articuler une parole de plus.

Alors il tourna bride, enfonça les talons dans les flancs de sa monture, et partit au triple galop dans la direction de Paris. Il allait comme le vent, persuadé qu'il avait à ses trousses tous les partisans de l'empereur Napoléon.

— C'est un Cosaque à qui vous avez donné la chasse, mes bons amis, dit Ernest aux paysans. Le plaisant de l'aventure, c'est que ce digne officier russe m'a fait l'honneur de m'accompagner, malgré lui, jusqu'à la deuxième poste, moi qui vais rejoindre l'Empereur.

Des éclats de rire et des vivats succédèrent á ces paroles. Le capitaine Ernest reprit la route de Lyon. Il rejoignit l'Empereur ; il rentra avec lui à Paris ; il se battit comme un héros à Waterloo, et il n'y fut pas tué, car, deux mois après notre glorieuse défaite, il épousait, à Paris, mademoiselle Hélène de Livry. Ce mariage se fit au grand étonnement de M. de la Pigeonnière-Gloussac, qui servit de témoin et qui comprit, mais un peu tard, qu'une grande fortune n'est pas un argument irrésistible aux yeux de toutes les femmes.

La noce du comte Ernest de Chabriant et de sa cousine eut lieu à Vaudancourt, en même temps que la noce de Marguerite avec le fils de Bernard

Houdin, revenu de l'armée, et en même temps
que la noce de mademoiselle Jacqueline Houdin,
qui épousait un charmant ex-maréchal des logis
du régiment du capitaine Ernest.

On eut soin d'adresser des lettres de faire part
au prince Gogoloff, résidant dans son château de
Gogol, sur les bords du Dnléper.

FIN.

TABLE.

—

Poissy. — Typographie ARBIEU.

www.ingramcontent.com/pod-product-compliance
Lightning Source LLC
LaVergne TN
LVHW021742170726
843503LV00004B/1691